THE RISE OF THE VAMPIRE

よみがえるヴァンパイア

人はなぜ吸血鬼に惹かれつづけるのか

ERIC BUTLER
エリック・バトラー
松田和也 訳

青土社

よみがえるヴァンパイア　目次

よみがえるヴァンパイア　人はなぜ吸血鬼に惹かれつづけるのか

序

ヴァンパイアの謎と神秘

過去百年かそこらの間、ブラム・ストーカーの『ドラキュラ Dracula』からステファニー・メイヤーの『トワイライト Twilight』に至るベストセラー小説が、何百万という家庭にヴァンパイアを招き入れてきた。映画とTVはさらに多くの観衆を獲得した。今や、ヴァンパイアは他のいかなる怪物――ミイラ男、人狼、そして有象無象の獣的な怪物たち――をも凌ぐ人気を博している。ほとんどの者が、「ヴァンパイアを見れば自ずからそれと解る」と思い込んでいる。だが実際には、何がヴァンパイアをしてヴァンパイアたらしめているのかを正確に言うことはできない。牙か？　洗練された挙動と秀麗な眉目か？　蝙蝠に変身する能力か？　煌めく光の放出か？　そうかもしれない、だが全てのヴァンパイアが同じような外見で同じ行動を取るわけではない。もしも文学や視覚芸術の多くのヴァンパイアを警察の面通しのように一列に並ばせれば――あるいは超自然のファッションショーで、キャットウォークを練り歩かせれば――類似点よりも相違点の方が目につくだろう。その行列には、堅苦しい貴族、威勢の良い若者、美女、不機嫌なティーンエイジャー、そして一人か二人の、クスリを求めて禁断症状に苦しむジャンキーのようなタイプまで含まれているだろう。

人の警戒心を解く能力は全てのヴァンパイアが共有する特徴のひとつである。彼、彼女、もしくはそれが攻撃を仕掛けてくるまで、それらしい兆しを感じ取ることのできる者はほとんどいない。ヴァンパイアの正体が明らかになった時には、既に手遅れなのだ。ヴァンパイアは先手をとることができる。この能力こそ、多くの人々がヴァンパイアになりたいと欲する理由である。彼らは黒衣を纏い、派手なジュエリーを身に着け、劇的なメイクを施し、不気味な音楽に耳を傾け、そして大抵、自分が別の種族に属していることを世に知らしめる。[*1] ヴァンパイアのスタイルはクールさというもののエッセンスに見える、だが警戒を怠ってはならぬ。本物のヴァンパイアは不作法な誇示を避ける。変身能力があろうとなかろうと、彼らは隠身と変装の名手である。

ヴァンパイアであることは楽しそうに見える。だが物事は見かけ通りとはいかぬもの。不死者にとって、「生命」とは何か？　一方でヴァンパイアはエリート集団を形成し、彼らの「仲間」に属することは明らかに利点がある。他方では、エリートは常に羨望と敵意を向けられる。ＴＶシリーズ『ヴァンパイア・ダイアリーズ The Vampire Diaries』（二〇〇九―）は、高校を舞台に彼らの表と裏を見せる。たとえヴァンパイアが伝統的な生と死の定義を超越した存在であったとしても、常に彼らを倒そうとする者がいる。また他のあらゆる者と同様、ヴァンパイアもまた法則を免れることはできない。ニンニク、十字架、日光などはトラブルの元である。ある者はこれらを単なる不便として笑い飛ばすが、いかなるヴァンパイアもリスクのない存在ではいることはできぬ。
いかにして人はヴァンパイアとなるのかもまた明らかではない。著述家――たとえば作品の中で聖書の時代にまで遡っているアン・ライス（一九四一―）――によれば、ヴァンパイアは明確な血統を誇っている。彼女によれば、不死者は古代の人種であり、その起源に誇りを持っている。だがそれだけではない。なぜならヴァンパイアはその獲物を彼らの種族の一員に加えることができるから――そして誰もが、貧しい百姓ですら、この選良の獲物／一員になれる。何がヴァンパイアをヴァンパイアたらしめているのかに関する真実はどこにあるのか？　遺伝なのか、あるいは個人的な（不）運なのか？　ヴァンパイアであることが実際には血統の問題なのか、あるいは他の事情の結果なのかは誰も知らない。

ヴァンパイアは開闢以来存在していたわけではない――少なくとも、われわれが知るような形では。あらゆる世界の文化は死者を畏敬し、畏怖し、幽霊や亡霊への信仰は普遍的である。だがヴァンパイアは正確には幽霊や亡霊ではない。何よりも、彼らには肉体がある。魂のない肉体という奇妙な状況――死者を模倣する生命、生命を模倣する死――が、ヴァンパイアを超自然界における独自の存在たらしめている。さほど遠くない昔、ヴァンパイアに関する極めて狭量な見方が一般的であった時代があった。だが今日では、その定義は以前よりも遥かに包括的なものとなっている。多くのものは変ったが、ヴァンパイアとは何者か――そして何者ではないか――という謎は依然として残されている。血が流れて初めて、人は幾許かの確実性をもって語ることができる。そしてその時には既に遅いのだ。

卑しい出自

vampireという単語が初めて書かれたのは一七二五年のことで、言語学者は依然として、それが何語に由来するのかという点で一致を見ていない。[*2] 語源がどうあれ、vampireは謎を意味している。その名は歴史上、初めてそれを書き記し、田舎の迷信の影の中から抽出した人物にとってすら謎であった。彼はオーストリア王に仕えていた軍医のフロムバルトなる人物で、セルビアに駐屯し、奇妙な出来事を目撃してそれを上司に報告した――

当該人物が死亡し埋葬された後、その同じ村で、一週間の内に、九人の人物が、老いも若きも含め、二四時間の病に苦しんだ後に死んだことが明らかとなりました。そして彼らは公に、まだ生きていた時に、その死の床で、一〇週間前に死んでいた前述の者が、睡眠中に現れ、上に重なり、首を絞めたと証言致しました。ゆえにその者は幽霊ではあり得ません。斯様な者（彼らはこれをヴァンパイアと呼んでおります）にはさまざまな特徴がございます――すなわち、肉体は腐敗せず、皮膚、毛髪、髭、爪は伸びております――ので、臣民は一致してその墓を暴き、前述したような特徴が実際に見られるかどうかを検分致します……小生はどのようにでも望み通りにできましたが、もしも彼らが屍体を検分することに同意せず、彼らの習慣に従って屍体を扱うことに法的承認を与えなければ、彼らは家と故郷を棄てることになると申すのです。なぜなら村全体が――そしてこれは既に、トルコ時代に起ったとされておりましたが――このような悪魔の手によって滅ぼされてしまうからであります。

彼らが決定した解決策を実行させないで置くことは、どう執り成そうと、あるいは脅そうと小生には敵いませんでしたので、小生はその村に赴き、屍体を検分致しました。すると天地神明に誓って、先ず第一に、通常ならば屍体の何よりの特徴である腐敗臭がまるで感じられず、そしてその屍体は、鼻はやや腐り落ちておりましたが、それ以外の部分は全く新鮮でありました。毛髪と髭、さらには爪までもが伸びておりました。顔、両手、両脚は生前と何ら変るところはありませんでした。驚き呆れたことに、その口の中には少量の新鮮な血液が見え、人々の証言によれば、それは彼が殺した人々から吸ったものだということでした。

小生がこれらを確認すると、人々は激怒し、全員が、忽ちの内に杭を尖らせました。それによって死者の屍体を刺し貫くためです。最後に彼らは件の屍体を焼いて灰に致しました。[*3]

フロムバルトがこの報告を書いたのは、自分がたった今見たばかりものが、これまでに目撃してきたいかなるものとも似ていなかったからである。そこで上位の当局者の耳に入れておくべきと考えた。彼にとって唯一明らかなことは、「彼らがヴァンパイアと呼んでいる人間」を取り巻く出来事は文明の秩序を崩壊させるものであるということに他ならなかった。

この医師は、腐敗しない屍体を見た。実に興味深いことだが、それよりも地元民がその屍体についで語っていたこと――そしてそれに対して為したことの方が遙かに印象的である。喧嘩腰のような確信をもって、村人はフロムバルトに、死んだ男が墓の下から現れて人々の血を吸い、死に至らしめたと述べた。不適切な行動は慎めという命令を無視して、「怒り狂った」住民は集団的反抗と暴力でその目障りな屍体を排除した。フロムバルトは、自然の例外に興味を持ったがゆえにこのヴァンパイア事件を報告したのではない。彼を――そして彼が代表する権威を――危険に陥れる文化的差異を体験したからそれを書いたのだ。

多くの二〇世紀および二一世紀の注釈者が、ヴァンパイア現象の医学的側面について考察している。[*4]一方、その社会的・人類学的側面についてはそれほど関心を抱かれてはいない。以下の考察は、ヴァンパイア現象に関する多くのことを説明するかもしれない。証拠が極めて乏しいため、明白な理解はほとんど得られない。だが同時に、それは想像力に滋養を与える。「神話」と「現実」は溶け合い、半ば真実、半ば虚偽の結合体となり、それがヴァンパイアにその例外的に永続的な存在を与えてきたのだ。

元来のヴァンパイアとその獲物は、危機に瀕している共同体に属していた。セルビアは現在では主権国家であるが、一七〇〇年代においては明確な形を持っていなかった。ただセルビア正教会は既に一三世紀に自治権を確立していた。中世においては、セルビア人は強大な部族であった。

当時セルビア人が自らのものと見做していた土地は、ハプスブルク家とオスマン朝の間で幾度も所有者が変った（後者の時代を「トルコ時代」と呼ぶ）。競合する権力の狭間で身動きの取れぬ地元民は、言語も宗教も支配者のものとは異なっていた。カトリックのオーストリアもムスリムのトルコも彼らの目には同様に歓迎すべからざる存在であった。なぜなら外国の支配は彼ら自身の文化と伝統を消滅の危機に追いやったからである。

とりわけ、人気のあったセルビア人はハイドゥク――他所者と協力はしたが、受け入れることのなかった農民戦士である。[*5] ハイドゥクは地域の安定のためにハプスブルク家とオスマン朝の双方から国境警備兵として雇われたが、彼らは自らの掟に従って生きる狡猾で強靭な部族であった。既に当時から半ば伝説化した存在であったハイドゥクは自由の戦士として歴史に記録されている（実際の真実がどれほど後ろ暗いものであったとしても）。[*6] この農民戦士の文化は、スラヴ世界の広い地域においてさまざまな形をとったが、時には実際的な妥協が行なわれることがあったにしても、外界からの力による強奪に対して土着の文化を守ろうとする意志によって集団を形成していた。今日においても、この戦闘的な土着精神はクロアチアのフットボール・チーム「ハイドゥク」に受け継がれ、更新されている。

屍体を掘り返し、これを破壊した村人たちは、支配者に対して一つのメッセージを送っていたのである――お前たちはこの地の者ではないと。お前たちはここで起っていることを知らないと。

用心するが良い。われわれは、われわれに馴染まぬ人間たちに対して恨みを晴らす方法を知っているぞと。オーストリア人の役人は、その野蛮な儀式を止めるようにという命令をセルビア人がにべもなく拒絶したことを衝撃と狼狽と共に書き記している。村人たちは遠慮がちに、彼らが冒瀆している屍体は生前、トルコ人たちと共に長い時間を過した者だと説明した。これらの言葉は事実の宣言（少なくとも、彼らの目からすれば）であると共に、外国の役人に対する遠回しの脅迫でもある。セルビア人からすれば、オーストリア人もまたトルコ人と同じである。共同体の力を蝕む侵入者なのだ。言い換えれば——ヴァンパイアに他ならない。

有名な18世紀のハイドゥクの頭目スタニスラフ・「スタンコ」・ラドヴィク・ソチヴィカ

政治と宗教

フロムバルトの報告から七年後、もう一人のオーストリア人の役人であるフリュッキンゲルが、別のハイドゥクの共同体における出来事に関する類似のニュースを書いた。そこではまたしてもヴァンパイアの存在が、不服従と暴力の——そして観察者側の極度の混乱の——誘因となった。[*7] 最初の文書は外国ではさほどの注目を集めなかったが、この第二のそれは特にドイツ語圏で熱い論争を引き起こした。一七三二年とその翌年にはヴァンパイアに関する一二冊の本と四篇の論文が上梓された。その後二〇年の間に、ヴァンパイア論争に関するさらなる貢献が現れた。それらの著作の内のどれ一つとしてセルビアでの出来事に対して多くの光を当てたものはなかったが、不死者と「ドイツ」――大まかにオーストリアの支配下にある地域を含むと定義される――の繋がりは既に創り出されていた。次の世紀、シャーロット・ブロンテはヴァンパイアを「あの穢らわしいドイツの化け物」と書き、英国の読者もそのように理解していた。[*8]

ヴァンパイアは神学者たちの想像力を鍛錬した。なぜならこの怪物は善であれ悪であれ、既存の超自然のカテゴリには適合しなかったからである。カトリックの伝統においては、死後に腐敗しないのは聖人の特徴である。死からの復活は、キリスト教の救世主が演じた奇蹟である。だがヴァンパイアは聖性の具現化ではないし、記録にある悪霊や悪魔の記述とも合致しない。その著作が吸血鬼伝承の流布に重要な役割を果したフランスの聖職者オーギュスタン・カルメ（一六七二―一七五七）は、同時代の人々に注意を促している、「各世紀、各民族、各国には……それ自体を特徴付けるそれ自体の病弊、流行、嗜好がある……しばしば、ある時点において賞賛すべきと見えたものは、また別の時点においては悲惨で馬鹿げたものに見えるのだ」[*9]。斯くして彼は、「この国において……人々の言うところの、死者が……甦り、話し、村々に災いをもたらし……その住民の血を吸い、彼らを病気にし、そして、最終的には死を引き起こす」というような事柄に関しては疑ってかかることを推奨している。[*10] セルビアの不死者は、数世紀、数千年もの昔に遡る教えに公然と背いた。彼らの存在を信ずることは、異端の範疇に入りうる。[*11] 結果、ほとんどのカトリック知識人はこの現象を単なる田舎の蒙昧な迷信と決めつけた。

プロテスタントもまたヴァンパイアをどう判断して良いか解らなかったが、中でも賢明な者は状況を有利に転ずる方法を思いついた。プロイセン科学アカデミーは、パトロンであるフリードリヒ・ヴィルヘルム一世（一六八八—一七四〇）に書簡を送り、ヴァンパイアに関する政治的見解を表明した。曰く、「これら血を吸う者どもの出現、およびその正体に関する話は立証されたものではなく、またそれに関する痕跡はわれわれ自身の、あるいはそれ以外のプロテスタント諸国の歴史の中に全く存在しておらぬということは確実であります[*12]」。「プロテスタント諸国」にヴァンパイアが存在したことはなく、またヴァンパイア信仰も存在しなかったという事実を指摘することによって、学者たちは彼らと——そして彼らの君主と——信仰を同じくせぬ者は詰まるところ、この上なく頑迷な過ちに導くような霊的制度に従う輩である、と匂わせたのである。ヨーロッパ大陸において、ヴァンパイア論争は西欧キリスト教の二つの主要な枝の間の、密やかな戦争を可能としたのだ。

ヴァンパイア報告の翻訳はロンドンにも登場した。ここでは、その議論は異なる論調をとった。このニュースが告げられるや否や、〈ザ・クラフツマン〉誌はその状況のことごとくを笑い飛ばす記事を載せた。

生命無き屍体はいかなる生命機能をも発揮し得ぬ——だがしかし、ヴァンパイアなるものが存在するという。この話は、例によって、世界の東側よりもたらされた。常にその寓話的流儀によって知られるところである。［これらの］諸国はトルコ人とドイツ人の統治下にあり、苛酷な支配を受けている。ゆえに彼らは、あらゆる不満を象徴の形で暗示する以外にないのである。

これらのヴァンパイアなるものはその血を余さず吸い取ることによって生者を苦しめ、死に至らしめると言われている。こちらの世界では貪欲な大臣は蛭もしくは吸血鬼に喩えられる。国庫を食い潰し、税を永続化させることによって死んだ後にもその強権を揮うのである。それゆえに国家は徐々にその血液と精神を搾り取られる。[*13]

何のことはない、とこの匿名の記者は言う、ここイギリスにも、既に大量のヴァンパイアがいる。政府と呼ばれているものがそれだ。時にはこれらの化物は民間にも現れる。この国では、それらは「詐欺師、高利貸し、相場師、悪徳救貧官、大邸宅の悪執事や乳母」などと呼ばれている。フランスでは、偉大な啓蒙思想の才人ヴォルテール（一六九四—一七七八）が、ヨーロッパの国々の都で「白昼堂々人民の生血を啜る相場師、税吏、商人ども」を見た、と証言している。[*14]「これら正真正銘の吸血鬼の住いは墓場ではない」と彼は言う、「むしろ美しい御殿を好むのだ」。[*15]

つまり、歴史上の記録にヴァンパイアが現れたその時から、彼らの実在には異議が唱えられていたのである。今後本書の中でわれわれは何度も何度も不死者に対する不可知論的な態度に出くわすだろう。腐敗の極めて遅い屍体？ それは確かに異常ではあるが、何の証明にもならぬ。いわゆるヴァンパイアの行動——他者から生命力を吸い取る——に関して言えば、生ける者もまた完全にそれを行なうことができる。

社会的地位の向上

一八世紀を通じて、ヴァンパイアはほとんど人格を持たなかった。文学や芸術上の描写が、幅広い大衆の空想を本当に魅了するような存在としての生命をこの怪物に与えることはなかった。不死者の運命は一八一九年、何の捻りもない『吸血鬼 The Vampyre』と題する短編の出版によって一変した。この作品の著者はジョン・ポリドリ、悪名高いバイロン卿の主治医である（第1章参照）。ポリドリの生涯は不遇に終ったが、彼の文学上の創造物であるルスヴン卿は成功を収めた。ルスヴン——貴族であり、旅行家であり、誘惑者——は、数え切れぬほどの他のヴァンパイアのプロトタイプである。

『吸血鬼』は、名望ある社交界に暗い秘密が隠されていることを仄めかす——

事の起こりは冬のロンドン、流行を追うに忙しく、放蕩の限りを尽し抜いた紳士淑女数多集う夜会たけなわの折柄、位の高さよりむしろ妙な振る舞いで人の目を惹く一人の貴顕があった。この男、何の仔細があってか歓談の輪には交わらず、常に身を退いて辺りの様子を只打ち眺めている。美人の嬌笑にのみ心が惹かれるようだが、一睨みすれば黄色い声たちまち収まり、女どもの思慮浅い我儘盛りの心の内には一筋の畏怖の影が差した。[*16]

ルスヴンは彼が入り浸る放蕩の社交界と同様に放縦である。だが他の者は彼が彼らの同類であるからではなく、より放縦であるがゆえに彼を求める。

いずれにせよ変った人だと言うことで男は方々の宴席に招かれ、いずこでも歓迎された。どぎつい昂奮にも慣れきって、重苦しい退屈な気分に辟易している面々は、無聊を慰める種があれば何でも喜んだのである。[*17]

ルスヴンは爽快なまでに直接的に、ロンドンのエリートたちの全般的な偽善を受け入れた。彼は公然と仮面を被っているようで、この明け透けな偽りは他者を魅了した。彼らはただ、自分たちもまた彼のように剛胆になれればと願った。

キリスト教におけるサタンの描写（殊にミルトンの『失楽園』におけるそれ）のように、ルスヴンはカリスマ的であった。彼が他の者とどこが違っているのかを正確に指摘することは容易ではなかったが、人々は直ちにそれに気付いた。
何が怖いのかはよく解らない。きっとあの死人のような灰色の目のせいよ、と言うのもある。たまたま目が留った人の顔を、じっと見詰めるでもなく、ちらと眺めるだけで心の奥の奥まで見通すような目。ところがいざ視線が合えば、眼光俄に曇って、頬の上で鈍色の重く澱んだ光となる。[*18]
ルスヴンの視線なのか？　かもしれぬ——だがそれだけではない。真の理由は隠されている。それは他者には説明のつかぬ、あるいは敢えて口にすることのない戦慄の徴候から形成されている。ルスヴンの「変った点」の最たるものは、その挙措と外見が、礼儀作法を何より重視する上品な社交界では手に入れることの難しい「昂奮」を触発することであった。
捕食者でありながら、ルスヴンは自らが狩猟していることを明らかにはしない。むしろ獲物の方から近づいて来るのを待つのである。そしてオーブレーという若者が彼の所にやって来て、共にヨーロッパ大陸を旅行することとなる。ルスヴンはこの若者に手を出すことはない——少なくとも、ポリドリは彼らの間に何らかの不品行があったことを仄めかしもしない。物語の中心的な出来事は、ギリシアの田舎で山賊たちと知り合ったルスヴンが、その無法な「友人たち」によって殺害されることである。その理由は完全には明かされない。さらに奇妙なことに、この謎の山賊――バルカンという舞台は歴史上のヴァンパイアの故郷と接しているので、彼らは実はハイドゥクなのかもしれない――は彼の屍体を月光に曝す。すると不可解なことに、この謎の男は甦生する。ルスヴンは、ここで起ったことを決して他者に口外しないということをオーブレーに誓わせる。ヴァンパイアの秘密を若者は守り抜く。良心に懸けて守秘の誓いの名誉を守り抜くのである。これによって彼はルスヴンの罪を自らのものとする。

ルスヴンはオーブレーに別れを告げ、両者は別々にイギリスに戻る。オーブレーが戻ると、ルスヴンは既にそこにいて、彼の妹と婚約していた。誓いのゆえに真実を告げることができず、苦悩した若者は神経発作の末に死ぬ。不吉な卿は彼の獲物である人々の鏡像であるが、彼らよりも一歩先んじている。

ルスヴンは不快な人物であるが、悪に対する人間の許容力――そして世界を震撼させるような、彼以後の不死者の力――からすれば、まだまだ序の口である。ポリドリのヴァンパイアが他者を魅了するのは、彼が人々の境界を曖昧にするからである。彼はただ、友誼と冒険の共有を持ちかけるだけで、オーブレーをそれと知らぬ間に自らの共犯者に仕立て上げる。「位の高さより寧ろ妙な振る舞いで人の目を惹く」ルスヴンは表面的には貴族だが、その血筋は不明である。男と女を問わず繋がりを求めるその嗜好は、彼を性的にも曖昧な存在にする。ロンドンの社交界と、ヨーロッパの田舎を往復するその旅は、彼が実際にはどこに属しているのかという疑問を引き起こす。なぜなら彼は犯罪者と金持ちの双方と交際しているからである。

血よりも、物理的な所有の方がルスヴンにとっては興味があるように見える。同時に、このヴァンパイアは獲得それ自体には興味を抱いていない。なぜなら彼は夥しくカネを濫費するからである。

卿は気前よくカネをばらまく。遊び人やならず者、乞食どもはそのカネに群がって、つい当座を凌ぐ以上のものを得る。徳を積んでも貧乏から逃れられぬ善男善女は世に数多あるのに、卿の施す喜捨はそのような人々へ届くものではない……卿は嘲りの色を隠すでもなく戸の隙間からカネを投げる。別段食うに困っているわけではなく、したい放題、悪行三昧を決めてくれようとカネをせびりに来る破落戸《ごろつき》共は、斯くして懐あたたかに散って行った。[*19]

ルスヴンは矛盾を体現する存在であり、行く先々で混乱の種を蒔く。彼の活動は社会的身分や役割を引っかき回し、解体する。ここに彼の魅力と危険がある——実の所、彼の種族に特有の性質である。

穏やかな逸脱

オーブレーとルスヴンは奇妙な関係を持っていた。特にバイロンのバイセクシュアリティの観点から見れば、われわれは――ポリドリの読者と同様――この二人の男の関係に何が含まれていたのかを推測することはできる。だが、ポリドリの物語はその点に関しては沈黙している。ヨーロッパ旅行で、オーブレーは素朴な百姓娘と恋に落ちる。ある暗い夜、彼女は不可解な状況で殺害される。彼女はヴァンパイアの嫉妬の発作の犠牲となったのか？　われわれには解らないが、物語が提供する唯一の容疑者はこの若者の友人である。意味深長なことに、このシークエンスはルスヴン自身の死と復活のすぐ前に置かれている。

今日においても目配せと頷きを受けるような親密な関係は、シェリダン・レ・ファニュの短編『女吸血鬼カーミラ Carmilla』にも見出しうる。そこでは一人の女が、少女時代と思春期の出来事を思い起こす。幼い頃に母を亡くした彼女はシュタイアーマルクの辺土で父や家庭教師らと共に孤独に暮らしていた。ローラの物語は「まだ六歳にもなってい」ない頃に、ふと眼を覚すと、「ベッドの傍らに妙に大人びた美しい女の子が」いたところから始まる。

女の子は両手をベッドの上掛けの中に入れて、床に膝をついています。私は驚き、何とも説明しようのない気持ちに圧倒されて……じっと見入っていました。すると、女の子はすぅっと近づいて来て、私を両手でそっと撫でるようにしながらベッドに入ってくると、にっこりと笑って静かに私を抱き寄せました。まるで若い母親のような優しさでしたので、私は安心して、いつしか寝入ってしまいました。どれほどの時が過ぎたのでしょう。いきなり二本の針で喉を刺されたような鋭い痛みを感じて、思わずきゃーと悲鳴を上げました。すると女の子は私をじっと見詰めたまますっと身体を離すと、ふっとベッドの下の暗がりに消えてしまったのです。[*20]

語り手が思い起こすこの奇妙な夜の体験が夢か現かは判然とはしない。いずれにせよ、それは彼女にとって極めてリアルな、入り交じった感覚を表した。その「女の子」はローラに愛情をもて接したが、同時にまた痛みも与えたのだ。

後年、ローラ自身が若い淑女となった時、この訪問者は再び現れた。驀進する馬車が彼女の目の前で転倒し、眼を惹くような美しい女が現れたのだ。彼女はローラの父に、娘の世話をしてくれるよう哀願した。娘というのは馬車の中で気を失っていたのである。それから、この奇怪な女は説明らしい説明もせずに発ってしまう。ローラの父が迎え入れた思春期の少女は名をカーミラと言う。恢復したこの新参者は語り手に囁く、「まぁ、何て不思議なのでしょう。私、一二年前に夢の中であなたにお会いしましたのよ。それからずっと忘れたことがありませんでした」。同じ年頃の友人ができるかもしれないという期待にローラは胸を躍らせた。彼女は応えた、「本当に不思議ですわ、私も一二年前に夢か現か解りませんけれど、あなたのお顔を見ました。それからずっと忘れられずにおりました」[*21]。

少女たちが共有する秘密は他愛の無いようなものに見えた。だが、それは両者のいずれもあえて公然と口にしない何か別のものを指してはいなかったか？ 若い女たちは互いに敬愛し、親友となった――そしてたぶん、それ以上の関係に。ローラはカーミラが彼女を烈しく抱きしめ、気まずく感じたことを思い起こす――。

このようなことが、いつも起るというわけではありませんでしたが、いざその時になると、私は逃れたいと思いながら、どうしても嫌だとは言えませんでした。カーミラの囁く声が子守唄のように聞えて、逆らう気も失せてしまうのです。カーミラが私の首に回した美しい腕をそっと解く時、初めてはっとして、我に返るのでした。

私は、こうした不思議な雰囲気になる時のカーミラが、好きではありませんでしたが、私もまた、快いけれど漠然とした恐怖と嫌悪が入り混じった、得体の知れない昂奮を味わったのです。私はカーミラを心から愛する気持ちと裏腹に、自分の中の彼女に対する否定的な思いにも気付いていました。この気持ちは矛盾しているようですが、何とも上手く説明することができないのです。[*22]

この若い女性たちの関係に、「アダルト」な要素があったことは明らかである。カーミラとの親交はローラを深く魅了し、同時に不安にさせる。

一方でカーミラは依然として少女である。[*23] 馬車の事故の後で意識を回復した時、最初に発した問いは「お母様はどこにいらっしゃるの?」。他方ではカーミラはその見かけとは全く異なる存在である。その見かけの若さにも関わらず、彼女は大人のイニシアティヴを発揮する。カーミラの色情的な成熟ぶりはローラを脅かす（彼女は、その奇妙な友人とは異なり、まさにその見かけ通りの存在――思春期の少女そのものである）。実際には、この「不誠実で美しい客人」の正体は、遠い昔に死んだ「カルンスタイン伯爵夫人マーカラ」であった。[*24]

間もなく、子供時代のローラが体験した夜の訪問が再現される。だが、そっくりそのままというわけではない。ローラが出逢うのは、母として彼女の世話をする美しい少女ではなく、しかとは表し得ぬ、何か別の者――あるいは別の物――である。

いつもより部屋がとても暗くて、その暗闇の中、ベッドの裾の方で何かが動き回っている気配がするのです。初めは何だか解りませんでしたが、その内に何か真っ黒で奇怪な猫のようなものが見えてきました。残り火で仄明るい暖炉の前をふっと影が過ぎった時、敷物と同じくらい、四フィートが五フィートほどの長さだと感じました。それが檻に囚われた獣のように、あちらこちら素速く動き回っているのです。声を出そうとしましたが、それもできずに慄えていると、怪しい影は次第に動きが烈しくなり、それに連れて部屋がだんだん暗くなって、とうとう真っ暗闇の中、私を見詰める赤く光る二つの眼だけがじっと動かなくなりました。それがいきなり、素速い動きで私のベッドの上に飛び上がってきました。爛々と光る二つの赤い眼が、私の顔に近づいて来ます。驚きと恐ろしさの余り、私の心臓は止りそうになりました。すると突然、喉に一インチか二インチの間隔で、大きな二本の縫い針をぐさっと突き刺されたような烈しい痛みを感じたのです。私は、思わず叫び声を上げて身を起しました。[*25]

暗闇に蔽われ、カーミラは新たな姿となっていた。家畜としての猫はさほど恐ろしいものではないが、度外れた大きさの「奇怪な」猫ともなれば、その牙は脅威である。ましてや丑三つ時にいきなり現れたとなれば。あからさまに描き出すことこそないものの、レ・ファニュは女が女に対してしでかした性的陵辱を暗示している。精神分析医ならずとも、猫、少女、そしてベッドの上での貫通といったシンボリズムは容易く解読し得よう。

レ・ファニュは、肉体的な不穏当の暗示と、カーミラが正しい信仰を欠いていたという事実とを組み合わせる。カーミラは宗教儀礼への軽蔑を口にする。少女たちが葬列を見た時、この客人は叫ぶ、「お葬式も嫌いです。どうしたのでしょう、この騒ぎは！　何て騒々しいのかしら。……なぜあなたがたは皆死なねばならないの。死んだらその方が幸せだからなの」。規範から外れた愛は、信心深い献身から外れた思考へと手に手を携えて向かう。

「耳が痛いわ」、そう言いながらカーミラは細い指で耳を塞ぎます。「ローラ、あなたと私は同じクリスチャンですわ。それなのにあなたの振舞いはなんでしょう。受け入れられませんわ[*26]」

カーミラは謎である――心優しく、好ましい。だが同時に、恐ろしい。彼女と仲良くするということは、肉体と魂の双方にとって危険な、新たな世界を見出すということである。かくして、この魅力的な怪物が最終的に滅ぼされるのは、ヴィクトリア朝の社会コードに完璧に適合する。カーミラの魔法に掛っている限り、ローラは成長できず、先に待つ結婚や母性といった大人の役割を引き受けることはできない。ローラの母は遠い昔に死んだ――少女は新たな生活において、父以外の男と共に彼女の役割に就任することが義務づけられている。ヴァンパイアの存在は思春期の少女の社会的・精神的成長を阻害する。

『不道徳な口説き』ヘンリー・デイヴィッド・フリストン。シェリダン・レ・ファニュの短編集『鏡の中に朧に In a Glass Darkly』(1872) より。

権力への渇望

ルスヴンとカーミラはブラム・ストーカー(一八四七―一九一二)の創造したトランシルヴァニアの伯爵以前における、最も重要な文学上のヴァンパイアである。両者は共に、この伯爵が示すほんとんど全ての性質を備えている。だが、それでもなお『ドラキュラ』(一八九七)

は、不死者の文学における金字塔の地位を占めるに相応しい。なぜなら同書は、それ以前のヴァンパイアの特質を受け継ぎ、それをさらに詳述したからである――しかも、多くの注釈者がこの小説の主題と考えるセクシュアリティの問題を遙かに超越する形で（第2章参照）。ドラキュラの故郷はトランシルヴァニアかもしれぬが、その地の土には多くの民族の血が染み込んでいる。ドラキュラは自らの故郷を、「あの辺りは何世紀にもわたって、ワラキア人とザクセン人とトルコ人が凌ぎを削ってきたところである」と語る。[*27]この宣言はドラキュラを、西欧世界にヴァンパイアをもたらした一八世紀の出来事と結びつける。ドラキュラは、彼の隣人であるセルビアのヴァンパイア同様、宗教的・政治的葛藤の、血と肉を備えた記録である――その（不）死において、古傷を開き、新たな傷を作る「生ける」証人である。

ストーカーがその小説を書いたのは、大英帝国が栄華を極めた頃であった。[*28]英国人は、ヨーロッパ沖の小さな島から、遙か彼方のアフリカやアジアの地を支配していた。ストーカーは東欧をドラキュラの本拠地としたが、この伯爵は異国のものでありながら、何らかの意味でイングランドの富と繋がるあらゆるものを表している。ドラキュラは地の果てにいる「見知らぬ」民族から活力を得る。彼のアイデンティティの鍵となる側面は、彼が英国人ではないということである。同時にまた――そしてストーカーが彼の小説を書いた当時の英国人と同様――ドラキュラは他者を支配せんと欲する。このヴァンパイアは、当時における世界最高の権力を我が物にせんと意図している。ドラキュラはまた、彼が選んだ国の不安定な要素からエネルギーを得ている。実際、物語が進むに連れ、彼の公然たる敵までもが多くの点で信頼し得ぬものとなり、彼に力を貸すのである（この点に関しては、第3章で立ち返る）。伯爵は英語を極めて流暢に操り、意のままに無秩序なロンドンの無名の群衆の中に姿をくらます。しばしば、この怪人は近代的なメトロポリスの何千もの人々と区別がつかなくなる。

ヴィクトリア朝文学という広い文脈において、この伯爵はストーカーがほとんど言及することのない民族集団と繫がっている。ストーカーによるドラキュラの描写の中に、『オリヴァー・ツイスト Oliver Twist』（一八三九）の登場人物であるフェイギンの痕跡を読み取ることはさほどこじつけでもない。チャールズ・ディケンズはこの悪党を次のように描写している。

ある寒々とした、湿りっ気の強い、風の吹き荒ぶ夜、ユダヤ人は萎びた身体に大外套をしっかりと巻き付けてボタンを掛け、顔の下半分を隠そうと、襟を耳の処まですっぽりと立てて、その隠れ家から出て来た。……壁と戸口に身を隠して、彼が忍び足でこそこそと道を進んで行ったとき、この恐ろしい老人は、何か不気味な爬虫類のように見え、その蠢いている泥と暗黒の中に生まれ、夜に、何か獲物を獲ろうと、こってりとした屑肉を探し求めているようだった。[*29]

この悪意に満ちた寄生虫的人物は、無垢な若者たちを犯罪の人生に誘い込み、それがロンドン全般、およびその正直な庶民の健全性を蝕んでいく。ほとんど人間離れしたフェイギンは、あたかもドラキュラの親戚のように見える。[*30] この伯爵はそれ以外にも、反ユダヤ的なステレオタイプに満ち満ちた英国文学の中に多くの親戚を持つ。[*31]『ドラキュラ』と同時代から、もう一つだけ実例を挙げておこう。ジョージ・デュ・モーリアの小説『トリルビー Trilby』に登場するスヴェンガリである。スヴェンガリの悪名は、ほとんどドラキュラのそれに匹敵するほどとなっている。かの伯爵と同様、この招かれざる人物は人々を魅了し、命令を聞かせる能力を持っている。そして彼もまた、「文明化された」世界の外側からやって来た。彼の人格の中の異国なるものの全てを寄せ集め、スヴェンガリは同書のさまざまな箇所で、ドイツ人、ポーランド人、ユダヤ人と呼ばれる。外国から来た詐欺師であり、この小説の無垢なるヒロインを籠絡する男は、かの伯爵の田舎の親類やもしれぬ。[*32] ドラキュラもスヴェンガリも、魅力的であるかと思えば不快である。そしていずれにせよ、常に危険である。

さらにもう一つの民族集団に対する混淆した感情が、『ドラキュラ』を形作っている。ブラム・ストーカーはアイルランド人である。[*33] 彼の時代、英国人はアイルランド人を植民地人として見下していた。無論、肌の黒い人種に比べれば遙かにましだと思われてはいたけれども。アイルランド人は白い肌の北国人ではあるが、その経済的な「後進性」と「迷信的」(カトリック的)傾向は、多くの人の眼には劣ったものと映った。東欧人、アジア人、アフリカ人と同様、アイルランド人は――一部の者にとっては、現在もなお――遠ざけておくことのできぬ異物なのであった。

ストーカーはドラキュラを自らのオルター・エゴと見做していたのだろうか？　ドラキュラは時に忌まわしき存在として描写されるが、彼が誘惑する英国人の女は一人に留まらない。ドラキュラと同様、ストーカーもまたロンドンに栄達を求め、この都で俳優ヘンリー・アーヴィング（一八三八―一九〇五）のビジネス・マネージャー兼個人秘書として雇われた。良くも悪くも、この劇場の人々は因襲に囚われぬとの評判であった――特に、その性的習慣において。ストーカーのアーヴィングに対する個人的献身は熱烈であった。[*34]ストーカーが実生活で演じた役割――イングランドでの栄達を求めたアイルランド人、不気味な小説の著者、そして演劇人――のどこかに、ドラキュラの欲望の苗床があるのかもしれぬ。彼はまた、自らの名を――「ブラム」とは、「エイブラハム」の短縮形――ヴァンパイアの宿敵エイブラハム・ヴァン・ヘルシング教授に与えている。不死者との隠れん坊は、無垢な遊びではない。ヴァン・ヘルシングもまた外国から来たりし者であり、そして伯爵との類似点は一つに留まらない（第3章参照）。そして彼もまた、目的を遂げるために必要な流血沙汰に怖じ気づくことはない。

上記の全て、そしてどれでもないもの

同様の曖昧さは、アメリカの作家の小説にも満ち満ちている。アン・ライスとステファニー・メイヤーはヴァンパイアの国をヨーロッパ（あるいは、より精確に言うなら、西欧と東欧の間の空間で、

小アジアに滲み出すところ）から合衆国へと移した。ここでもまた、ヴァンパイアが徘徊する国境は、流動的で、変動する。ここでもまた、ヴァンパイアは暗示に掛りやすく、悪影響に対して無力な若者たちの許に現れる。そしてここでもまた、この怪物は危険な昂奮を約束する。

ライスの『夜明けのヴァンパイア Interview with the Vampire』（一九七六）は、ニュー・オーリンズとサンフランシスコにおける不死者との遭遇を描いている。いずれの土地も港町であり、昔からその住民は極めて多様である。ライスの故郷であるルイジアナは、人口構成と宗教の点で、アメリカ南部の中ではやや変則的である。周囲の州はバプティスト派が圧倒的であるのに対して、ルイジアナ——その地名はフランス王に由来している——には多くのカトリック住民がいる。のみならず、ニュー・オーリンズはかなりの数のアフリカ系カリブ人の血統を誇っている。一方サンフランシスコは文化的・地理的に、ヨーロッパ移民が北米で最初に到着した大西洋岸からこれ以上もないほど離れている。この都市は、長年の間にその寛容な態度で有名となっているが、伝統的に合衆国の他の場所においては余り代表権を有していなかった民族集団（例えばスペイン人、メキシコ人、中国人）の影響下において成長した。

メイヤーもまたメインストリームの外側から執筆しているが、彼女の小説は——大人への移行という一般的な困難をプロットの源泉としている点で——文化間の断絶を引き起こしがちな懸隔に架橋している。彼女の『トワイライト』シリーズ（同じ標題の二〇〇五年の書物に始まる）は、モルモン教徒、すなわち末日聖徒イエス・キリスト教会の信者としての宗教的価値観を反映している。草食系ヴァンパイアであるカレンの一族以上に厳格な集団を想像することは困難である——無論、彼らもまた暗黒面を持ってはいるが（第2章参照）。イザベラ・「ベラ」・スワンとその恋人（そして最終的には夫）であるヴァンパイアのエドワードの物語が読者に訴求したのは、思春期の普遍的なぎこちなさと不適応が並外れたメロドラマを提供したからである。抜け目のない出版社の言うところのメイヤーのヴァンパイア「サーガ」は、遠く離れたワシントン州フォークスとアリゾナ州フェニックスを舞台としている。これらの場所は東欧とは何の関係もないようだが、良く考えれば、合衆国の西側がこの国に組み込まれたのはつい最近のことに過ぎない（少なくとも歴史用語においては）。アリゾナは一〇〇％、無数の小説や映画によって有名となった「大西部」の神話的光景に属している。メイヤーは『トワイライト』における出来事のほとんどが起るワシントン州の辺鄙な片隅を、文明のぎりぎりの限界部として提示する。ここでは、保護地にいるネイティヴ・アメリカンの古老は部族の叡智を伝承し、近隣のヴァンパイアに関して若い世代（及び友好的な白人）に警告を発する。

ライスとメイヤーは——他のあらゆる作家（特にヴァンパイアものの作者）と同様——自らの伝説を自由に生み出し、潤色する（第5章参照）。だが彼女らは、自らの怪物を、多文化の間に生きて常人の感覚を混乱させる存在として描くことで、東欧の不死者の「事実」に即している。彼女らはまた、自分自身の目的のためにヴァンパイアを利用する——ちょうどヴァンパイアが人間を利用するように——ことによって、不死者の伝統に敬意を払っている。一八世紀から今日まで、ヴァンパイア現象には不公平な、だが互恵的な関係が含まれていた。

どこに適応するのか?

適切な条件――および外部からの無慈悲な視線――があれば、ほとんど全ての者をヴァンパイアと見做すことができる。バルカン半島諸国はヴァンパイアの故地の資格を持つが、トルコや中欧、東欧の大部分を含む近隣領域もまた不死者の手の届く範囲にある。アイルランドもまたヴァンパイアの産地のようである。レ・ファニュはブラム・ストーカーと同様、この地で生まれた。これらの場所の出身者――およびその子孫――は容易に疑われる。

セルビアでの出来事は、不死者とオスマン帝国の宗教であるイスラムとの間に繋がりを打ち立てた。高位のヴァンパイアであるドラキュラは、ユダヤ人的な特徴を備えている――よく目と耳を澄まさぬ限り、奇妙な風習を墨守するこの古えの民族の末裔は、そのまま現代の英国人として「通用」する。だが、にも関わらず、ヴァンパイアが最も強く関わりを持っているのはキリスト教である。その不死性は、救世主の約束する肉の復活を愚弄する。三つのアブラハムの宗教のいずれかの信者――特に、たとえ一時的にではあれ、一つの宗教から別の宗教へ移った者――は、それと知らぬ間にヴァンパイアの仲間となっていたかもしれない。これは無神論者にすら当て嵌まる。ルスヴンはいかなる信仰に対しても敬意を見せなかったし、カーミラは宗教行事に嫌悪を示した。ドラキュラが十字架を忌み嫌うことはつとに知られている。

自分の付き合っている、あるいは付き合っていない相手、及びその理由を常に再検証してみたほうが良い。ここで、人格検査は警鐘を鳴らす。ヴァンパイア的セクシュアリティは、「ノーマル」以外のあらゆるものとなり得る。胸中に僅かでも異常な欲望を抱く者は誰であれ、ヴァンパイアであるやもしれぬ。ルスヴンは生命に対して顕著な欲望を持ち、カーミラは情熱のままに生きた。実際、やり過ぎなまでに。同時に、ヴァンパイアはしばしば寡黙で、近寄りがたく、超然としている。彼らは自分の暮らす世界においても異邦人であり続ける。賞賛によってであれ批難によってであれ、あるいはその両方であれ、彼らは孤独である。時には憂鬱な気質こそが不死者の印となる。

これまでの時点で、われわれは片手に余るほどのヴァンパイアを論じたに過ぎず、本書を終えるまでにはさらに多くのものが俎上に上がるだろう。だが、何が問題であるのかを知るためには、この導入的概観だけで十分であるはずだ。生と死の間の根本的な区別に始まり、ヴァンパイアは境界を重視しない。彼らは年齢、性、民族、宗教、そして政治の境界を、恐ろしくも魅惑的なやり方で易々と超越する。

ヴァンパイアの明確な特徴は、彼ら以外のあらゆる生命を支配している規則を無視する見かけ上の能力である。それゆえに、ある者は実際にヴァンパイアになることを欲する。不死者たることは自由を約束する。だがそんな空想は非現実的であり、そうである理由はただ一つに留まらない。もしもヴァンパイアが普遍的な制限を無視することができるとしても、彼らは別の、より異常な制限に従わねばならない。ヴァンパイアの自律性に置かれた制限は個別に異なっているが、それは常に存在する。ヴァンパイアはわれわれと同様、無制限の自由を享受するわけではない。実際、彼らは自らがその法を犯している人や社会に依拠しているのである。ヴァンパイアであることは日常の苦悩からの逃避を提供するように見えるが、人生の諸問題に対するこの「解」は幻想に過ぎない。

ヴァンパイアは単に生命の一部かもしれない。以下の頁において、「われわれ」と「彼ら」の間の多くのより親しい繋がり、驚くべき偶然の一致、そして共通点が明らかになる。ヴァンパイアは異なる存在であるが、人々が考えるような意味でそうであることはほとんど無い。彼らの秘密を見出すことは、われわれが実際に誰であり――そして何であるのかを見出すことに他ならない。

第1章

不死者の肖像画廊

何百もの映画やTV番組のお陰で、ヴァンパイアと言えば黒髪、痩躯、蒼白、鋭い歯と相場は決まっている。だがこれらの性質は事実というよりも伝統の問題であり、主として近年の発祥である。セルビアのヴァンパイアがいかなる見かけをしていたものか、誰も知らない。思うに、彼らはその獲物である百姓たちに似ていたのであろう。一八世紀及び一九世紀の不死者に関する言及のほとんどは、その怪物の身体的描写を全く提供していない。今日においてすら、数多のヴァンパイアは群衆に紛れている。『ロストボーイ The Lost Boys』や『ニア・ダーク／月夜の出来事 Near Dark』（いずれも一九八七年）におけるヴァンパイアはただの不良少年のように見えても、全くその見かけ通りの存在ではない。『トワイライト』や『ヴァンパイア・ダイアリーズ』のヴァンパイアは身なりがきちんとしているが、周囲から浮くほどではない。しばしば、ヴァンパイアは「不可視」なのだ。

いずれにせよ、本章は彼ら特有のヴィジュアル・スタイルがいかにして現れたのかを検討する。その過程は連続的な弧を描くわけではない。なぜならヴァンパイアは模倣と適応によって生きているからである。彼らはいつでも環境に適応し、古いやり方を棄てて新たに開始する。肖像と肖像の間には何も無い空間がある。それは絵それ自体と同様に重要である。影が似顔絵を曖昧化する時、それもまた重要である。偽りの身分は、時には実際のそれと同様に示唆的である。なぜならそれはわれわれに観察を集中させ、それ以上の錯誤を避けることを促すからだ。

可視性は不死者にとってリスクをもたらすが、彼らを追う人々にとっても危険を意味するものとなり得る。ヴァンパイアは結局のところ、偽りを用いるのだ。われわれはこの試みにおいては慎重に進まねばならない。さもなくばわれわれは気がつけば幻想の蜘蛛の巣に囚われ、敵の手の内に無力に曝されてしまうだろう。

死をもたらす物語

ジョン・ポリドリは今日知られているようなヴァンパイアを発見した。彼が生み出したルスヴン卿は世慣れた貴族であり、魅力を放散し、出逢った全ての人々の想像力を捕える。ルスヴンは上質の生活を好み、社会の最上層に紛れている。同時に、このヴァンパイアは彼が入り浸る世界に本当の意味では属してはおらず、むしろ実際にはその公然たる敵である。ロンドンの舞踏会に出ていない時には、ルスヴンは山賊の一味と行動を共にし、低俗な欲望に耽ける。彼の上流階級の友人たちがそれを知れば怖じ気づくことは必定である。二重性は彼のトレードマークである。

他の者たちがその場に留まっているのに対し、ルスヴンは諸領域の間を循環する。
ルスヴンのモデルは、「狂気、極悪、危険」なる男、ジョージ・ゴードン・バイロン卿（一七八八―一八二四）である。[*1] ポリドリはこの放蕩者の主治医という、割の合わない役目に就いていた。[*2] バイロンはおそらく当代随一の悪名高き詩人で、文学界最大の巨人であった。[*3] 近親相姦や殺人を犯したと噂され、そのバイセクシュアル的傾向は醜聞と娯楽の源となった。政治的過激派にして冒険家であるバイロンは、厄介事を霊感の源として愛好した――そしてそれがない時には、自ら創り出した。

シェリー夫人（一七九七―一八五一）の言う「哀れなポリドリ」が『吸血鬼』を書いたのは、バイロンに対する彼の両義的な感情を記録するためであった。バイロンの影で、彼は不遇を託っていた。[*4] ルスヴンの気障な魅力は物語の中で辛辣な悪意と結びつけられ、全体的な雰囲気は賞賛と軽蔑の間を揺れ動く。ポリドリの物語は愛と憎しみ、賛嘆と嫌悪を表明している。ルスヴンの身体的外見を詳細に記述しないことで、ポリドリは読者が行間にバイロンを読み取ることを促す。『吸血鬼』の著者はまた、まさしく、ルスヴンの言動の委細はほとんど提供しない。この計算された曖昧さは、その空隙を伝記的事実と――尚一層の――醜聞と告げ口で満たそうとする工夫である。

雇い主にして友人、そしてライヴァルである男に関するポリドリの回りくどい描写は、成功しすぎるほど成功した。だがその成功は著者自身、全く予期していなかった形をとった。残酷にも、ポリドリ自身の創造物が彼に背いたのである。『吸血鬼』が世に出た時、その物語が無名の作家の手になるものだと信じた者はほとんどいなかった。本人の否定にも関わらず、バイロン——自らの作品のそここそでヴァンパイアに言及していた——こそがその著者であるとされたのだ。それどころか、ポリドリは剽窃者の烙印を捺された。絶望に駆り立てられた彼は、二五歳の若さで自らの命を絶った。『吸血鬼』は文字通り死をもたらす小説となったのだ。

となれば、われわれの画廊の最初の肖像は、二つの顔を持つ。一瞥、それはバイロンである。肖像に描かれているのは顎に手を当てた颯爽たる若者である。瞑想に耽り、深い考えを抱いている様子。だが実際、その心には何があるのか？　バイロンは暇さえあれば韻律だの押韻だのを練っていたわけではない。彼は命のぎりぎりを生きた、それもしばしば他者の命を犠牲にして。同じ画像は、『吸血鬼』の光を当ててみれば、陰謀を練る悪党に見える——次の悪事を企むルスヴンに。

バイロン、著名なヴァンパイア？　リチャード・ウェストール、『第６代バイロン男爵ジョージ・ゴードン・バイロン』、1893、カンヴァスに油彩。

ルスヴン卿の目的が実際には何なのかを知るのは不可能である。彼は言わばバイロンのパブリック・イメージであり、肉体を纏った世評である——いついかなる時に何をやらかすか予想もできぬ危険な仲間。究極的にはルスヴンは暗号である。彼は自らの為すことを為し、そして誰にも答えない。ルスヴンは仮面を被らない。彼自身が仮面なのだ。彼は「実際に」バイロンであり、バイロンではない。ただポリドリだけが、ヴァンパイアと面と向かい合った。彼はその物語を語るために生きた。だがそのために死んだのだ。

恐怖の舞台と寝苦しい夜

哀れなポリドリの破滅の後、吸血鬼ルスヴンはバイロンとの縁を利用して劇場の花形となった。そのキャリア戦略には、国外のエージェントが必要だった——シャルル・ノディエ（一七八〇—一八四四）。ルスヴン自身と同様、ノディエもまたどこか山師であった。稀覯書には殊に目のない博覧強記の男——彼は人生の最後の三分の一を、パリ・ビブリオテーク・ド・ラルセナルの司書として過す——ノディエは、ポリドリの物語の戯曲版を書き飛ばすには好個の人材であった。[*5] この作品の成功を確実なものとするため、ノディエは出版市場に狡猾な策略を仕掛けた。まず最初に、新訳『吸血鬼』の書評を執筆。数年前、ノディエは短期間、セルビア近辺で過したことがあった。フランス政府のためのジャーナリストを務めたのである。この時点ではヴァンパイア伝説などほとんど彼の関心の埒外であったのだが、今になって突然彼は、満更の嘘というわけでもなく、自分は不死者に関する内部情報に通暁している者であると触れ込んだ。

「バイロンの」物語を論ずることで、ノディエは自らをヴァンパイアの権威として確立するに至った。そして人々がヴァンパイアに多大な期待を抱くことを確実なものとした。「人の信仰の中に、真実の娘ならざる過ちは無し」と彼は『吸血鬼』の書評に言う。[*6]「自然人」――すなわち、嘘をつく理由のない人々――ならば、ヴァンパイア神話の中に存在の久遠の秘儀を認めるであろう、「自分自身の外に生きる欲求」を。[*7]ノディエは言う、「バイロンの」物語は、古代の、より素朴な時代の叡智に基づいている。現代の都市住民は「人間の心の重要な秘密」について熟考することに長けているだろう。[*8]

このように周到に観衆を準備した上で、ノディエは彼自身の戯曲執筆に取りかかった。当然ながら、『吸血鬼 Le Vampire』(一八二〇年)はパリを初めとするヨーロッパの都で大成功を収め、次の一〇年の間、無数の模倣作を生み出した。[*9]ノディエはまた友人たちと協同で、原作の続編を散文で書いた(『ルスヴン卿あるいは吸血鬼 Lord Ruthwen; ou, les vampires』一八二〇年)。ノディエの戯曲においては、宇宙的な死の宿命が不死者を支配している。彼らは花嫁を求めて地上を彷徨い歩くことを運命付けられている。なぜなら、定期的に処女の血を摂取しなければ、彼は存在を止めることになるからである。この奇想はヨーロッパの野蛮な地の伝承の一つのように聞えるかも知れないが、実際にはそのような裏付けは何も無い。あるいは、より正確に言うならば、それはパリを初めとする都会の伝承である。ポリドリの物語の書評の中で、ノディエは言う、「ロマン派の詩人たちの理想は、われわれの苦悩にある……政治におけるわれわれの位置は誰もが知っている。詩において、われわれは悪夢とヴァンパイアの時代に到達したのだ」[*10]。ノディエは近代の不安を売り物とするためにその戯曲を書いたのだ。

ノディエのルスヴンは、当時の批評によれば、「墓場の放蕩者」であり、肘鉄を食らうことのない悪鬼のようなストーカーである[*11]。だが、舞台のルスヴンが性的威嚇を発散させているとしても、彼の核にあるものは情欲ではない。彼に必要なものは単なる情交ではなく、結婚である。結婚とは、家族と財産の合一である。ルスヴンの問題点は、自分自身の家族も財産も持たぬということだ。ノディエのルスヴンはヴァンパイアでない者と同じ理由で「自分自身の外に生きる欲求」を持つ。彼は破産の危機に直面している。彼自身よりも強い力に対する支払いが滞れば、存在を止めることになるのだ。

『吸血鬼 Le Vampire』はメロドラマであり、大衆の感性のための大衆の戯曲である。善悪の境界ははっきりと区切られている。最終的には悪は罰せられ、善は報いられる。ポリドリがバイロンから学び、そしてルスヴンに移植した狡猾な曖昧さの全ては窓から投げ捨てられる。男たちの間の友情と対立から、女たちに対する攻撃への変化は、ほとんど全ての謎を放逐する。ノディエのルスヴンは詐欺師である。彼は破局を伝染させること以外、何一つとして提供しうるものを持たない。そして彼は消滅からの束の間の猶予を除いて、ほとんど何も得ることはない。舞台のルスヴンの肖像はシルエットでのみ存在しうる。なぜなら彼のプロフィールは、他の凡百の社会的寄生虫と全く同じであるからだ。

だが、その物語はそれだけではない。そこかしこで紋切り型のやっつけ仕事をしながらも、ノディエはまた、真に洗練された趣味嗜好の持ち主であった。「悪夢とヴァンパイアの時代」について書く時、ノディエは彼の欲得尽くの怪物に、芸術的貴族性の称号を与えようとしていた。ヴァンパイアに対するノディエの見方には、もう一つの視点がある。

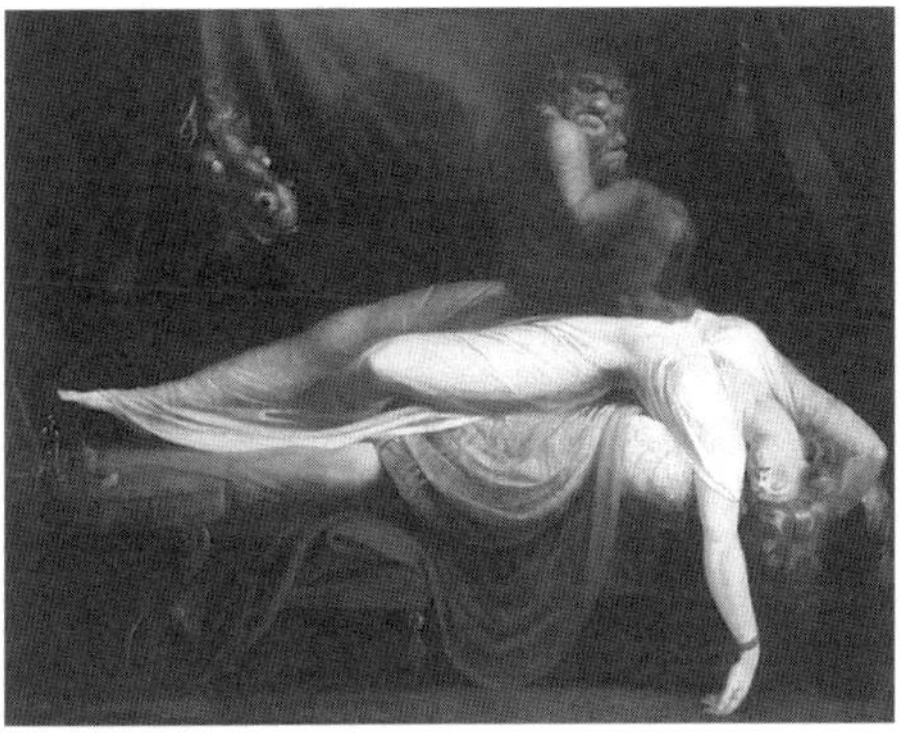

「眠ること、たまさか夢見ること……」。ヘンリ・フューズリ、『悪夢』、1781、カンヴァスに油彩。

『悪夢 The Nightmare』（一七八一年）はヘンリ・フューズリの絵画の標題で、おそらくノディエの読者たちにとってはお馴染みの作品であった。[*12] カンヴァス上では、若い女が為す術もなく気絶し、小人のような悪魔がその上に蹲っている。その小柄な身体に関わらず、この怪物は女の剥き出しの身体と、その中に囚われた魂を支配している。この奇妙な怪物は、瞑想的な視線をこちらに投げかけている。彼は異世界からの侵入者なのか、あるいはこの女の混乱した精神からの流出物なのか？　彼はただそこに蹲り続けて、ただ彼女を圧し潰す「だけ」なのか、それとも何かさらに酷いことをしようとしているのか？　知ることは不可能である。この絵は恐怖を記録し、同時にそれを生み出す。

背景のカーテンから首を突き出し、亡霊の馬がこの光景を見詰めている。この動物の目は輝いているが、瞳はない。フューズリの絵は鑑賞者を見詰め、女が寝返りを打つ暗い小部屋へと引きずり込む。実際には、ここでは何も起っていない。むしろ生命は停止している。翌朝になれば、女は光の中に目覚めるのかもしれないし――そうでないかもしれない。いずれにせよ、今、ここに彼女のいる状況は凄まじく不快である。眠る女の苦悩の原因が――あるいは、彼女の体験の結果が――明らかにされぬがゆえに、『悪夢』は人が見たいと望む、集合的な不安に対する手頃な寓意を提供する。それによって、それは「時代」の肖像、最も暗い時間にのみ識別しうるリアリティの隠された顔を提供する。

ノディエが対象とした大衆は、劇的な動乱を生き延びた人々であった――一七八九年のフランス革命、ナポレオンの擡頭と没落、その後のブルボン維新。[*13]政治の動乱は、物質的・精神的生活を揺るがせた。理性の原理のみによる統治を目指す熱情において、革命家たちは計画経済を導入し、社会の「非キリスト教化」を目指した。次にナポレオンは、自らの個人的カリスマと、支配への情熱の行動に依拠した。君主制支配の回帰は、近代以前の教会と王制の権威を再確認した。絶えず移ろいゆく仮面舞踏会と権力闘争に参加する恐怖の雰囲気は、まさしく「ヴァンパイア的」とも言うべきものであった。

であれば、ノディエの怪物は二つの側面を持つことになる。一方では、この怪物はなりふり構わぬ下品な詐欺師である。ルスヴンはただ自らの維持と利得のみを求める垂直移動の立身出世主義者として舞台に立つ。他方では、その背後に隠れているのは同様にグロテスクな、だが芸術的血統を持つ、より品位のある不死者である。その凄まじい顔つきは、政権のめまぐるしく野蛮な変化、何百万もの人々の経済的逼迫、そして近代全般における霊的なものの遺棄を嘲笑している。

憑依されたノスタルジア

フューズリの『悪夢』は宗教的イコノグラフィを呼び起こす。この絵はピエタ――イエスの遺骸を抱く聖母を表す伝統的な図像――に似ている。ピエタは息子を悲しげに見詰める天なる母の憐れみ深い視線を主題としている。

肉の復活の前に――ミケランジェロ、『ピエタ』、1498―9、サン・ピエトロ聖堂、ヴァティカン市

『悪夢』は同様の構図に人物を配置しているが、その要素は逆転している。母の愛を放射する女の代わりに、そこにいるのは邪悪な男の怪物である。敬虔――世代を越えた人々を、そして実際、天と地とを繋ぐ聖なる絆――は、まさしく不死者が破壊する対象である。神無き怪物は他者の敬虔を食いものにする。彼らの視線は貪欲であり、散漫である。ポリドリのルスヴンは、

既に見たように、その「死人のような灰色の目」から「鈍色の重く澱んだ光」を放つ。彼の容貌《ルックス》／目付きは――その言葉の両方の意味において――力を備えている。この特徴は、常に彼の種族について回るものである。

ノディエの戯曲の異版の一つで、ジェイムズ・ロビンソン・プランシェ（一七九六―一八八〇）が一八二〇年に書いたものにおいて、不死者が依拠している偽りの見かけの印象を強烈なものとする仕掛けが導入された――「ヴァンパイアの落とし戸」である。[*14] これはバネ仕掛けの二つの扉で、これによってルスヴンはまさにどこからともなく、一瞬の内に出現し、退去することができる。悪鬼は生ける悪夢の力をもて、目覚めた世界に侵入する。

プランシェの『島の花嫁 The Vampire: or, The Bride of the Isles』では、ルスヴンは夢の世界を襲う。とりわけウォルター・スコット（一七七一―一八三二）の小説によって大衆化した一九世紀初頭の文学の流儀に沿って、事件はロマンティックなまでに古色蒼然たるスコットランドで起る。[*15] 岩の洞窟と堂々たる先祖代々の城がドラマの舞台となり、古き良き、まだ堕落を知り初めぬ様式に対する一般人の憧れを満たす。プランシェのスコットランドは、階級が支配する社会である。底辺では、百姓が主人に不器用に、だがそれなりの敬意を込めて上の者に仕えている。頂点に立つのはロナルド卿。彼は判断力には些か難があるが、その良心の程は疑い得ない。ロナルドの娘マーガレットはその地位の淑女を装飾するあらゆる受動的かつ従順な美徳を備えている。

全ては絵に描いたように完璧であっただろう、もしもそこに悪のヴァンパイアさえ現れなければ。だが、かのルスヴンがヨーロッパでロナルドの息子の知遇を得たことを読者は知らされる。この少年が病を得、まさにそのいまわの際に、ロナルドその人が病床に駆けつけ、そこで見知らぬ男と出会う。ルスヴンの奉仕に感銘を受け、また彼が「私と同様に領主であり、自然の美の……そして芸術作品の熱心な崇拝者」であるがゆえに、ロナルドもまた彼と友誼を結ぶ。[*16] 嗚呼、「ある夜、われわれは賊に襲われ……ルスヴンは我と我が身を私の前に投げ出し、悪党の剣をその胸に受けてしまったのだ[*17]」。この気高い異邦人は、かくして無法者の手で殺されたかのように見える。

「開幕の幻」ジェイムズ・ロビンソン・プランシェ『島の花嫁』の挿画。ルスヴン卿がキルトを着ている。

だが実際にはルスヴンはぴんぴんしている。彼は「マースデン伯」という偽名を用いてロナルドの領地に現れる。ロナルドは、この客人が彼を驚かせるために偽名を使っていたルスヴンであることを知り、有頂天となる。マーガレットは既に、本人を見る前からルスヴンの弟と結婚すると父に約束している。ルスヴン自身の方がさらにお似合いに見える。だがすぐに、再会の喜びは恐怖に変る。利他的で高貴と見えた男は実際には少年に夭逝をもたらした怪物であり、その姉との結婚によって家族の中に入り込むことを企んでいたのだ。

『島の花嫁』は――燃焼ピストンの速度で罠の中に現れ消える――ヴァンパイアに、ロナルドのような郷士の世界を駆逐した産業革命の反自然的なダイナミズムを与えた。[*18] 実際――ウィリアム・ブレイクの有名なフレーズを借りれば――ルスヴンの動きはあまりにも「闇のサタンの工場」に酷似しており、不可避的に神の介入を必要とする。奇蹟がマーガレットを救う。最後の最後に、「恐ろしい雷鳴が轟き」、天からの稲妻がルスヴンを撃つ。[*19]

神を畏れぬヴァンパイアには、全能なる神の厳粛な審判が降される。デウス・エクス・マキナがディアボルス・エクス・マキナを撃ち、ここに秩序が再建される。この戯曲の教訓はこれ以上もなく明らかである――「家庭中心の価値観」は神聖不可侵である。父が常に最善を知るとは限らないが、その権威は絶対である。兄弟の（そして姉妹の）忠節は神聖である。従順は淑女を作り、その究極の幸福を約束する。神は伝統と、農村的な生き方を守る。

衰弱した存在

同様のメッセージは、ヴァンパイア・フィクションにおける次の主要作品にも見出される。『吸血鬼ヴァーニ、あるいは血の饗宴 Varney the Vampire: or, The Feast of Blood』（一八四五―七）は匿名で出版されたが、今日ではほとんど忘れ去られている。だが当時においては、この連作物は凄まじい人気を誇っていた。ヴァーニ――この膨大な、そして首尾一貫せぬ一連の冒険譚において数限りなく復活する、貪欲なる財産簒奪者——は、一九世紀半ばにおける傑出したヴァンパイアである。同書の表紙絵には、屍衣を纏って墓から出現する屍体のような悪鬼が描かれている。蝙蝠と悪魔がその光景を縁取っている。このような恐ろしげな眷属を引き連れたこのヴァンパイアは、それ故になお一層悪夢のように見える。

だが、もしもヴァーニの絵による描写がヴァンパイアとその獲物である人間の肉体的な（そして暗示的に精神的な）違いを強調しているとするならば、本文はまた別のことを告げている。登場人物の一人がヴァーニを描写して曰く——

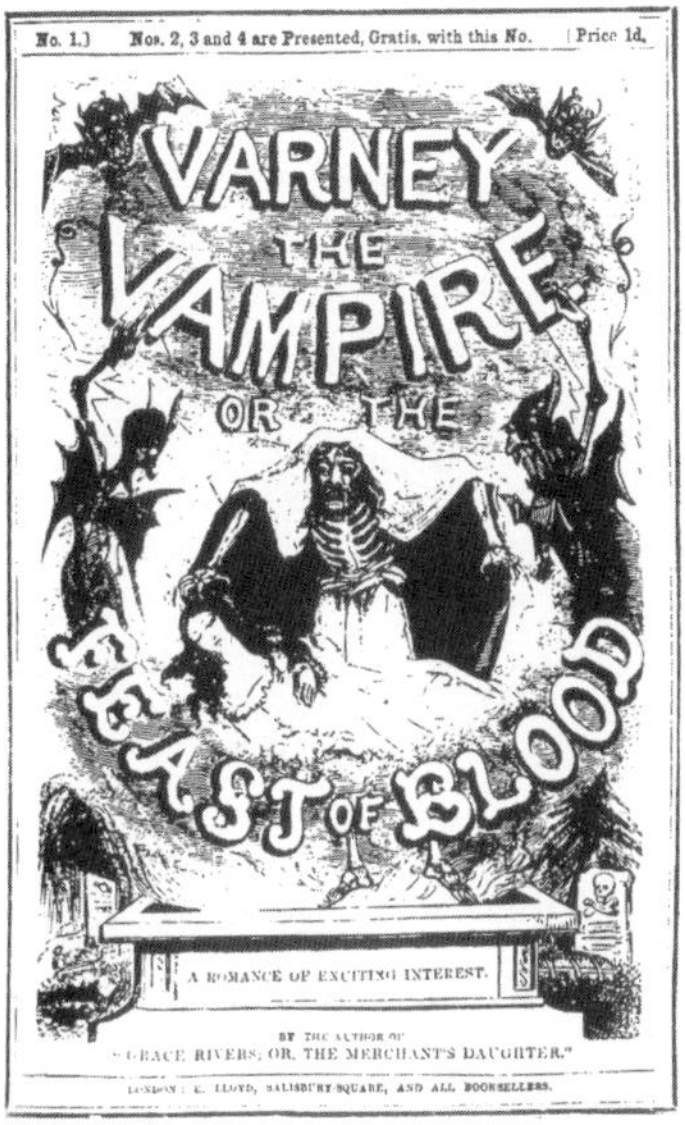

ヴァーニという名の恐怖。表紙絵。1847。

彼の外見でどうにも見苦しいのはただ一つ、その眼だよ。そこにはこれ以上もなく不快で不吉な表情がある。何かを隠しているような、疑わしい目付きだ。あたかも常に心の奥底で何かを企んでいるような。あらゆる人間を出し抜くような悪巧みをね。[*20]

ヴァーニの——見かけ《ルックス》のどこがどう特

徴的なのか、ほとんど解らない。だが彼の――眼差し《ルックス》は啓示的である。このヴァンパイアの眼には何か「不吉」で「何かを隠しているような」「疑わしい」ものがある。ヴァーニの問題点は、彼の為すことというよりもむしろ彼が為すかもしれぬこと、彼の正体よりもむしろ彼の正体であるかもしれぬものである。彼が体現する邪悪はしかと指摘することはできぬ。

実際、ヴァーニはほとんどの場合、極めて残念な存在であり、その企てが成就することはほとんど無い。官能的なフローラ・バナーワースを追い回したときも、血や性に飢えていたわけではない。むしろ「自暴自棄の男」を自称する彼は、彼女の家族のカネを欲していたのだ。[*21] この欲望のためにヴァーニは「人類全体を出し抜こうとする」他の策士や謀略家と同じ水準となるが、実際にはそれを為すには無力すぎる。自らの限界を痛いほど悟っているヴァーニは、自らの存在を滅却せんとする。だが銃で撃てども、首を吊れども、入水すれども、身体に杭を打ち込んですら、目的は達せられない（何にせよ長期的には）。遂に、この詐欺師は我と我が身を火口に投げ込み、自らがもたらす、そして経験する苦痛を終らせようとする。

ヴィクトリア朝の読者たちはヴァーニの偉業を貪り読んだ。なぜならそこには当時の世界の暗い側面が写し出されていたからである。「ヴァーニは」とニーナ・アウアーバックは述べている、「商業化社会の共犯者である」。[*22] 彼の策略と陰謀は、苛酷な労働と正直な事業を嘲笑し、「自らを『飢餓の四〇年代』と名付けた一〇年間」に対して鏡を差し出す。[*23] このヴァンパイアは実際にはかなり哀れである――欲望と欲求に満ち満ちた空腹な存在である。ちょうど、同じ人間に対して舌を出すのも勿体ないと嘯く、多くの邪悪な不当利得者と同様に。ヴァンパイアの所業を永遠なる呪詛――そしてそれゆえに説明不能なもの――と宣言したノディエやプランシェの戯曲と異なり、『吸血鬼ヴァーニ』は悪党の顛末を描いている。何世紀も前、英国史における極めて重要な時代に、ヴァーニは不正を働いた。

チャールズ一世の御世……余は有り余る禄を食む官吏であった。この時、この時代に名誉と不名誉をもたらす幾つかの政治的動乱があった。……

余はその動乱の中で、特に目立つ働きをしたわけではない……だが、余は万人のための見世物としてホワイトホールに掲げられた国王の血塗れの首を見たのだ。

イングランドには、この結果をもたらすべく協力した人々が何千人もいた……その中には多くの……王位の安定を揺さぶりたがっていた家臣たちがいた、この王に居座られるくらいならと。だが、彼らとて王制そのものの打倒を企てていたわけでは決してない……

彼らは既に士気を高めており、抑えることはできなくなっていた。そしてその事実に、かの厳格かつ無慈悲な男、クロムウェルは気付いていた。余はこの男と何度も話したことがあるが……

余が家は守秘のためには極めて適切であった……そして余は、著名な王党派の逃亡を助けた多額の謝礼によって栄華を極めた。[*24]

ヴァーニは政治闘争から利益を得たことによってヴァンパイアとなった。日和見的に、王党派とオリヴァー・クロムウェル「殿下」の双方を助けたのである。[*25] もしも彼がどちらかの側を選び、筋を通していたならば、その後延々と時代を超えて何度も何度も罪を重ねる運命に陥ることはなかったであろう。

ヴァーニは厳粛なヴィクトリア朝的な意味で、品位がない。彼は常に陰謀を企てるが、結局は三流のペテン師で終る。たとえ「心地よく魅力的な声」を持っていたとしても、長期に亘って欺され続ける者はいない。[*26] 表紙の挿画は、彼の正体であるヴァンパイアを描いている――貪欲な眼差しの、魂無き、忌まわしき屍体。この悪人は時には立派に見えることもあるかもしれないが、彼の存在の核は実に嫌悪を催させるものである。実際、ヴァーニは屑である――その忌まわしき冒険の数々を語る、俗悪で印刷も酷い呼び売り本と同様に。ヴァーニは高貴な人々を襲うが、実際には溝《どぶ》がお似合いである。

権力の真の顔

そうせざるを得ぬ状況に追い込まれぬ限り、堂々と正体を明かすヴァンパイアは稀である。不死者は、その正体を暴いてやる必要がある。ヴァンパイアの正体を暴くには、洞察力が必要である。また、説得の才能も必要だ。なぜならその怪物の偽りの見かけに対して真実を突きつけ、その真実を衆目の眼に曝さねばならないからである。

既に一八世紀に、ヴァンパイアは不正および搾取と関連づけられていた。「白昼堂々人民の生血を啜る相場師、税吏、商人ども」「これら正真正銘の吸血鬼の住いは墓場ではない、むしろ美しい御殿を好むのだ」とヴォルテールは喝破する（序文参照）。一九世紀の急進主義者たちは、ヴォルテールの怪物の末裔を断罪するのにカストリ小説の恐ろしげなイメージを流用した。彼らを暴き出すため、ヴァンパイアの醜く衝撃的な側面を強調した――怪物どもが隠そうとしていることの全てを。

『資本論』（一八六七）において、カール・マルクスはヴァンパイア狩りに赴き、近代世界の残酷さと非人間性を覆い隠していたカーテンを剥ぎ取る。マルクスは資本主義における生産関係を「ヴァンパイア的」と称する。なぜなら工場主は、自らは労働することなく、プロレタリアートから「生ける労働を吸い取る」ことによって生存しているからである。[*27] マルクスの友人である詩人のハインリヒ・ハイネ（一七九七―一八五六）もまたヴァンパイアのイメージを好んだ。フランスの読者のために、彼は祖国ドイツを、決して死ぬことのない恐るべき過去に鷲掴みにされた国として描いた。

ドイツの中世主義は草葉の陰で朽ち果てているわけではない……嗚呼、ドイツがいかに悲惨で陰鬱か、その目には見えぬか?……フランクフルトに棲む公に認められたヴァンパイアの口がいかに血に塗れているか、そしてそこで、ドイツ人の心臓を恐ろしいほどゆっくりと、延々と吸い続けているのが、その目には見えぬか？[28]

問題のヴァンパイアとは、連邦議会《ブンデスターク》である。その反民主的な観点がドイツの改革と、西の隣国のような議会と憲法の洗練を妨げていた。

アレクサンドル・ゲルツェン（一八一二―一八七〇）の著作もまた同種の言語を採用している。彼が望んだような社会改革に失敗した一八四八年のフランス革命の余波の中で、ゲルツェンは長きにわたって世界の抑圧された者たちにとっての「導きの星」であった都を攻撃する。[29]

パリよ！　誰がかの都を愛さず、崇拝しなかっただろうか？　だがその時はもはや過ぎ去った……パリは既に老い、その若々しい夢はもはや叶わぬ……この老いぼれたヴァンパイアは、義なる者の血をどこから手に入れるのだろうか？[30]

ゲルツェンは権力者の目の奥を深く覗き込み、そこに「これ以上もなく不快で不吉な表情」を見出す。その憎悪の視線は、過激な手段を要求していた。

ヴァンパイアを特定するためには洞察力が必要であり、他者にその怪物をあるがままに見せるためにはその怪物が体現し投影する偽りに対抗するイメージが必要である。マルクス、ハイネ、ゲルツェンは宗教的幻視家の情熱をもって書いた。いと高く全能なる者は、と彼らは宣言した、実際には下の下であったと。これらの政治的革新の唱道には、想像力を鷲掴みにする鮮烈な絵のような感覚を提供するために、三文犯罪小説《ペニー・ドレッドフル》の語彙が用いられた（「ヴァンパイアの口がいかに血に塗れ……恐ろしいほどゆっくりと、延々と吸い続けている」「老いぼれたヴァンパイア」）。もっと当たり障りのない調子で同じ観念を表現することもできたであろうが、これと同じ力は発揮し得ぬ。ヴァンパイアは陰惨で邪悪であればあるほど、より多くの注意を惹く。より注目を集めれば集めるほど、それを滅することは容易くなる。社会的身体の心臓を蝕む怪物を誰が容赦するであろうか？

この文脈においてフューズリの『悪夢』が再び出現し、過激な線に沿って造り直された。一八八五年、英国社会民主連合の機関誌〈正義〉に掲載された版画は、一九世紀の多くの世俗の幻視者たちの目の前には何らかの形で既に浮遊していた光景を描いている。「資本主義」の看板を背負った忌まわしき蝙蝠が、横たわる人物の生血を吸っている。片翼には「宗教的偽善」。もう片翼には「党派政治」。これらの勢力は結託して労働者階級を抑圧し続けている。この怪物の背後には、松明を持つ「社

「われらを悪より解放せよ」。ウォルター・クレイン、『資本家というヴァンパイア』、1885、版画。

会主義」——近代の福音——の寓意が立ち、ラッパを吹き鳴らしている。

この絵は女ではなく男を描いている。それは処女の純潔とは異なる種類の無辜を表している。彼は地道な一日の労働に疲れ果てて横たわり、眼前で何が起っているのかを見ることすらできない。地面には割れた石が累々としている。彼の傍らにはつるはしとシャベル。この労働者の道具は、適切に使用されれば、彼の胸から生命の血を啜る化物を斃すであろう。階級意識を持つ人間にとって、政治的覚醒と行動——敬虔な祈りや沈黙の殉教ではなく——こそが、世の悪を正すのだ。

もしも「われわれは悪夢とヴァンパイアの時代に到達した」のであれば、新たな時代を冀求する人にとってのスローガンはこうなるだろう——「世の労働者よ、覚醒せよ！」。未来は、受動性から目覚め、より公平な世界の夢を現実にする、油断なく勇気ある男女のものである。

ドラキュラ飛ぶ

似非宗教的ヴィジョンはまた、あらゆるヴァンパイアの中で最も有名な存在をも形作っている——ドラキュラ伯爵。この悪鬼の名は、ルーマニアの君主ワラキア公ヴラド三世（一四三一—一四七六）に由来している。その残虐さで悪名高い「串刺公ヴラド」である。[*31] Drăculea もしくは Dracula という称号——この血に飢えた君主は誇りをもてこれを担った——は、ラテン語の draco

（「蛇」もしくは「竜」）に由来する。この栄誉ある称号は正反対の意味に取ることができる。一方では、それはこの独裁者が異端とトルコ（ムスリム）の影響を根絶させることを目的とする敬虔な組織＝〈竜騎士団〉の一員であったことを示している。同時にまた、キリスト教の伝統は竜をサタンと結びつける。例えば聖ゲオルギウスの伝説のように。天使であれ悪魔であれ、「実際の」ドラキュラ（ヴァンパイアであるという謂れはない）は、敵か味方かという次元など遥かに超越している。超自然の力――善であれ悪であれ――を有するとの噂が「串刺し公」に付きまとい、誉めそやしていた。

この歴史上の先祖と同様、ブラム・ストーカーのドラキュラはその人格の中に対立物を合一させている。文学上のドラキュラは竜ではなく、蝙蝠に変ずる能力を持つ。だが、この伯爵はあまりこの能力を活用してはいない――決定的な特徴というよりも、単なるお飾りである。ドラキュラの飛行能力に関して真に重要なのは、その象徴的な含意である――ヴァンパイアはそれ以外のあらゆる存在を相対的に不動の状態に縛っている法則を公然と無視する。彼は異なる存在の秩序に属しているのだ。その精髄は謎である。ドラキュラはまた魔術的な形で大地と結びついている。彼の元来の根城は「ワラキア人とザクセン人とトルコ人が凌ぎを削ってきたところ」である。実際の地理よりも重要なのは、伯爵の故郷が闘いの流血に浸されて来た場所だという事実である。ここには、復讐の霊が煽動する墓がある――血を求めて叫ぶ祖先の声が。

『ドラキュラ』の最初のペーパーバック版の表紙は、同書の冒頭の光景を描いている。囚われのジョナサン・ハーカーが見守る中、ドラキュラ伯爵は——爬虫人類か何かのように——頭を下にして城の壁を這い降りる。裸足で、その足指で石を掴んで。大気と土、上と下が混乱しているように見える。天に背を向けるかのように、この蝙蝠のようなヴァンパイアは地獄を目指す。ドラキュラの異常な動きは方向を誤った正当な誇りの凝縮された表現である——自分自身の大胆不敵な行路を舵取りしようとする悪魔的な意志。

伯爵の獣性は、世俗の用語においてもまた重要である。歩いていようと這っていようと、あるいは飛翔していようと、ドラキュラは進化の過程を加速し、それと同時に逆行させる。ストーカーのヴァンパイアは常に突然変異する。あらゆる自然が、ただ一つの沼のようなところに注ぎ込まれた時にそうなるように。ドラキュラは外見的には同じに見えても、内面的には異なっている。逆に言えば、その外見がいかに変ろうとも、彼は依然として同一の者——物である。単一の表現型、遺伝子型、界、種たるドラキュラは宗教の法則と共に、科学の法則をも回避する。

ハーカーが最初に伯爵を見た時、彼は感銘を受ける——

中には背の高い老人が立っていた。長く白い口髭を残して髭は綺麗に剃られ、服装は頭の上から爪先まで黒づくめで、それ以外には何の色も見えなかった。……伯爵は精悍な鷲のような顔つきをしている。鼻柱の高いほっそりとした鼻で、独特な形の鼻孔をしている。額は高く張出し、髪はこめかみの辺りは薄かったが、それ以外はふさふさとしていた。眉は太く、……もじゃもじゃと渦巻いている。口元は、豊富な口髭越しに見た限りでは、毅然としていて残酷そうだった。歯は白く、奇妙に鋭く、唇の上に突き出ている。唇は非常に赤く、彼ほどの年齢としては驚くべき生命力を示していた。それ以外では、耳が蒼白く天辺が著しく尖っており、顎は幅広くがっしりとしている。頬は痩せてはいるのだが、しっかりとしていた。

ドラキュラはあまりにも印象的なので、ハーカーはまじまじと見詰める。最初に、彼は伯爵の両手に着目する。それから「毅然としていて残酷そう」な口と歯に目を移す。ドラキュラの身体の部分には、思わず見とれてしまうような非人間的なものが潜んでいる。

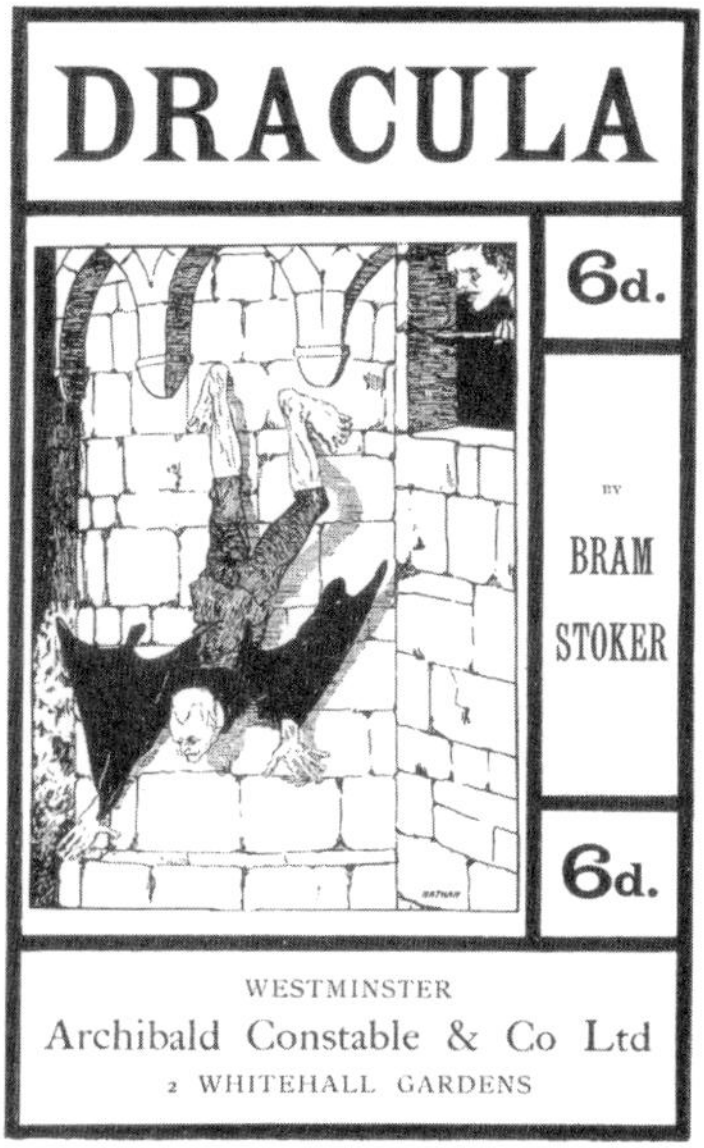

あまり魅惑的でない状態のドラキュラ。ブラム・ストーカーの小説の最初のペーパーバック版の表紙（1901）

それまで伯爵は両手を膝の上に載せていたので、暖炉の明りで手の甲は見えていた。かなり白く、繊細だと思った。だが今、間近に見てみると、むしろ粗く、がっしりとしており、指もずんぐりしているのに気付かざるを得なかった。不思議な話だが、掌の真ん中に毛が生えていた。爪は長く美しく、先を尖らせて切り揃えてあった。[*32]

ドラキュラの手は、最初は「かなり白く、繊細」と見えたが、やがて動物の爪のようなものになる。「掌の真ん中に毛が生え」、爪は「先を尖らせて切り揃えてあ」る。H・G・ウェルズが合わせて一つのものとした「モロー博士」と「獣人」のように、伯爵はサディスティックな洗練と野蛮な獰猛さの双子の脅威を発散する。[*33]

ストーカーの伯爵は、ヴィクトリア朝時代に取り憑いていた「退化」の亡霊の具現化である。[*34]

一九世紀思潮の主要な特徴は、世界は活発な通商、より良い医療、より多くの人に対する政治的権利の伸張などによって進歩していくというものであった。ドラキュラはその対極の具現化である。進歩によって最小化されるかもしれないが、決して消滅することはない退行性の性質――社会の進歩にも関わらず存在し続ける異常な行動の形である。

ドラキュラは極めて知的で、身のこなしは貴族的、流暢な英語を操る。同時に、彼の言動は何か別のものを指している――隠そうとしても隠し切れぬ、潜在的な人格的欠陥である。

伯爵が私の方に屈み込み、その両手が私に触れたとき、私は身震いを抑えることができなかった。彼の息が臭かったからかも知れないが、私は極度の吐き気に襲われたのだ。これを隠すことはどうしてもできなかった。

伯爵は私の反応に気がついたようで、身体を起すと、不気味な笑みを浮かべ、また暖炉の向こうの椅子に腰を下ろした。*35

ドラキュラに触れられると、鈍感なハーカーも「吐き気」を催す。伯爵の「不気味な笑み」は、不健全な欲望と嗜好を仄めかす。それは彼の、あからさまな暴力の許容と同様に邪悪なものである。彼その人が悪魔であるにせよ、あるいは単に悍《おぞ》ましく堕落した存在に過ぎぬにせよ、このヴァンパイアは彼の毒牙に掛った全ての者を病に陥れ、変性させる。

不穏な性？

だが、もしもドラキュラの醜悪さと非人間的な性質がハーカーを動揺させたとしたなら、ヴァンパイアの美女はこのごく普通の英国人をそれ以上に混乱させる。トランシルヴァニアのホストとの気まずい会話の長い夜の後、主人公は倒れ、この上なく恐ろしいヴィジョンを見る――

私は一人ではなかった。……月の光の中、私の前には三人の女性がいた。いや、その服装と身のこなしから言って、三人の貴婦人というべきだろう……三人とも眩いほど白い歯をしており、その官能的なルビーのような赤い唇に、白く真珠のように輝いていた。その唇には何やら私をわくわくさせ、恋焦らせるような、それでいて怖じ気づかせるようなところがあった。心の中で、あの三人があの赤い唇で私に口づけをしてくれたらという、邪な思いが燃え上がるのを感じた。[*36]

不死者の襲撃は恐ろしいが、その誘惑はさらに恐ろしい。ハーカーの「邪な」「燃え上がる」「思い」は、潜在的な罪と共犯関係を意味している。ハーカーがこの「奇妙な姉妹」[*37]と遭遇するのは、夢の中においてである。なぜなら、覚醒中の彼は自らの真の欲望を認めることができないからである。夢の中においてである。不死者に身を投げ出せば、人間としての、そしてイギリスの商業的利益の代表者としての苛酷な役割を免れ、逃れることができる。このような逃避は、彼のアイデンティティを剥ぎ取るだろう。それは一見したところ極めて唆られるが、よくよく考えてみれば恐ろしいことである。

ドラキュラのトランシルヴァニアの花嫁たちは、ストーカーの小説の中でそれ以後、長い間登場しないので、伯爵がヨーロッパ大陸から英国海峡を越えて移動するや否や、その存在は全く忘れ去られてしまったかのように見える。たぶん著者は、同書の後半に入るまで、彼女らのことを本当に忘れていたのだろう。なぜなら彼はヴィクトリア朝の文学や芸術の中に無数にいる彼女らの従姉妹たちに気を取られていたからである。[*38]

美術史家ブラム・ダイクストラは「倒錯の偶像」という忘れがたいフレーズを生み出した。それは一九世紀における、暗黒の力を具現化する女たちの表現を指す言葉である。印象的な女性の姿をとった脅威は、代表的なものだけでも、英国のラファエル前派、フランスのギュスターヴ・モロー（一八二六—一八九八）、スイスのアルノルト・ベックリン（一八二七—一九〇一）、ベルギーのフェリシアン・ロップス（一八三三—一八九八）らの絵画に登場する。これらの人物像は、メロドラマに登場する、何かというと危険に曝されては失神するヒロインの反転である。悪が忍び寄った時、たじろいで気を失う代わりに、彼女らはそれを受け入れ、自分自身の目的のために利用する。そうすることによって、この力ある女は伝統的な男性性の立派な典型を脅かす。

この上なき粘着——エドヴァルド・ムンク、『愛と苦痛』、別名『ヴァンパイア』。1894、カンヴァスに油彩。

エドヴァルド・ムンク（一八六三—一九四四）の『愛と苦痛』（一八九四）は、その傑出した実例である。この絵の背景は暗く、洞窟の入口に似ている。前景には女がいて、跪く男を抱えている。乱れ髪が流血のように男に滴る。女の白い腕が海の怪物の触手のようにしっかりと彼を掴み、口は首許に齧りついている。ムンクの友人スタニスラウ・プシビシェフスキは、この作品にもう一つの標題を与えた。そしてそちらの方が長く命脈を保つこととなった——『ヴァンパイア』[*39]。

この悪夢のような情景は、前世紀のフューズリの作品の性役割を逆転させている。今や、女が上にいる。その全ての含意において。

ドラキュラが世に出たのと同じ年、フィリップ・バーン＝ジョーンズ（一八六一―一九二六）もまた『ヴァンパイア』と題する絵を明らかにした。ムンクの絵と同様、若い女が受動的な男を支配している。女は口元に微笑を湛え、淫らに見下ろしている。二人を囲むカーテンは、秘密が暴露されたことを示している。われわれは禁じられた何かを目撃している――彼女が勝利した性に「属していた」能動的な役割を果たす女。バーン＝ジョーンズの邪悪の偶像――お望みならば、「反ピエタ」――が示すのは、聖母マリアの慈愛ではない。むしろ彼女は去勢している。残虐に。その相手方は彼女の下に横たわる。断種されて。

ムンクもバーン＝ジョーンズも、その力を奪われた男たちに、立ち上がって情勢を逆転させる手段を提供することはない。社会主義の天使（あるいはその他の解放者）も現れることはない。非情な女たちはポリドリのルスヴンの正統的な後継者である。なぜなら彼女らは眉目良く、その目的は窺い知れぬからだ。当然ながら、中には彼女らの意図に関するもっともらしく見える推量もある。だがヴァンパイアは黙して語らない。

屍体の二枚舌

次章では、ヴァンパイアのセクシュアリティという不穏な問題を扱う。ここでは今暫く、この怪物の美しさと醜さ、魅惑的なウィンクと邪眼に焦点を当てる。ムンクとバーン=ジョーンズの作品で言外に語られる攻撃は、世界初の「ヴァンプ」シーダ・バラとして結実し、銀幕上に生命を与えられた。[*40] バラは『愚者ありき A Fool There Was』(一九一五)に主演した。この映画はラドヤード・キプリングの詩から霊感を得ているが、その詩の標題は——他に何と?——『ヴァンパイア The Vampire』。

『愚者ありき』では、より良い人生を求めるカネに飢えた女が、彼女に絶望的なまでに取り憑かれた求婚者の死を引き起こす。最後のシーンで、ヴァンプはこの不運な男の屍体の上に薔薇の花弁を散らし、墓から甦って自分を抱擁するよう命ずる。前世紀のメロドラマの舞台のように、この映画は劃然と区切られた善と悪とを見せる。だが今や、その役割は逆転している。富を追い求める男の代わりに、われわれは女の「黄金狂」を見る。のみならず、このヴァンパイアはその欲望に関して全く明け透けである。彼女の仮面舞踏会は演技ではなく、愚かさの明け透けな露呈に依拠している。バラの演じた無名の女は、そのゲームに同調し、彼女の許に馳せ参ずる男を利用する。ヴァンピリズムの力学は、全く普通なもの——自分を最も良く見せようとする女——と、伝統的な「女の策略」の怪物的な歪曲の両方である。

バラ（一八八五―一九五五）は、オハイオ州シンシナティでシーアドシア・グッドマンとして生まれた。彼女の名前にも生まれにも、謎や危険は何一つない。そこで――そして映画産業は画面上の存在と画面外の人格に依拠しているので――この女優とスタジオは別の物語をでっち上げた。彼女の本当の出自は遙か彼方のサハラ砂漠である、と彼らは言った。彼女の父はヨーロッパ人、母は「東洋人」であると。この女優の芸名の姓――Bara――は Arab のアナグラムであり、名の Theda は Death を並べ替えたものであると。

『愚者ありき』の宣伝写真では、バラはスフィンクスのようなポーズを採っている。この女優は、彼女が演じた人物と同様、剥き出しの謎を提示している。彼女は両腕を両脚に対して直角に開き、その上に顎を乗せている。天日に曝された骸骨の上の虚像の砂漠に座っているが、その姿勢は具現化された冷酷である。このイメージは対立物を合一させる。神秘的な女が、その人格の中に両者を結びつけるのである。バラの髪は短く、現代風のファッションに調和した露出度の高いドレスを着ている。女優がアイコンタクトと肌の露出によって賛嘆の眼差しを受ける一方、彼女はまた対立的な凝視を送っている。彼女の眼差しは、映画の持つ魅惑の力を集光して死の光線と成し、外に向けて発射する。彼女は手の届くところにいる、だがただ愚者だけが彼女を求めるだろう。バラは一つの餌を平らげ、今新たな餌を狙っているエキゾチックな獣に見える。彼女の次の獲物は誰だろうか？

映画という大衆娯楽は、女ヴァンパイアを活性化させた。「偶像」——邪悪であれ健全であれ——は、映画の商品である。一九世紀の間、社会的平等に向かう女の進歩は徐々に進んできた。女ヴァンパイアは、二〇世紀において真に本領を発揮するようになった。交戦国の男の力を蕩尽した第一次世界大戦後、女たちはかつて無いほどに労働力の中に、世間の目の前に参入した。とりわけ、その進歩は合衆国で起った。そこでは発生期の映画産業が、変わりゆく役割に関する大衆の認識を利用し、形成していた。[*41]

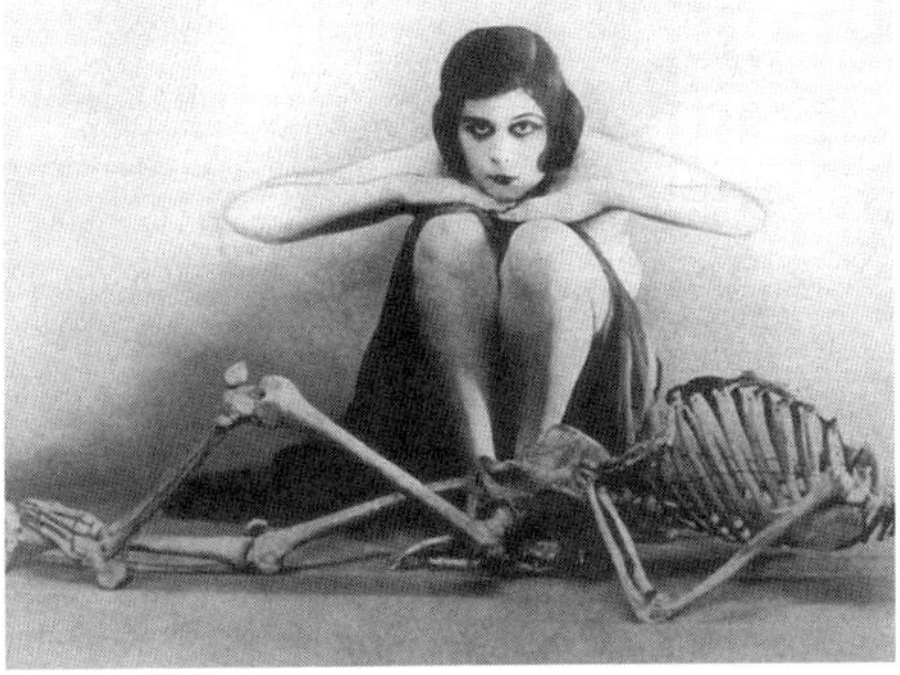
ご馳走、それとも飢餓？　シーダ・バラと『愚者ありき』（1915）の宣伝写真

疲れ果てた兵士たちが故国に帰ると、誘惑の怪物たちが、また新たな戦いにおける戦略上の要衝を占めていたのだ。

女の古典的な描写における諦念と安息——マリアの母としての悲しみ、多くの乙女たちの気絶——を見せる代わりに、バラの黄金狂は跳び掛る気満々で蹲っている。バラと、彼女に続くジャズ時代のヴァンプたちは、その時代の所産である。彼女らの魅力そのものである放蕩は、長年にわたるしきたりと伝統的なジェンダー役割の死を予告していた。

疫病を媒介する氷の眼差し

このツアーを終える前に、あと二枚、注目に値する肖像がある。一九二二年のF・W・ムルナウの映画『吸血鬼ノスフェラトゥ　恐怖の交響曲 Nosferatu』に登場するノスフェラトゥと、そして言うまでもなく、トッド・ブラウニングの一九三一年のシネマ・クラシックにおいてベラ・ルゴシが演じたドラキュラである。

『吸血鬼ノスフェラトゥ　恐怖の交響曲』――『ドラキュラ』の非公認の翻案[*42]――では、海外不動産の購入を望む顧客に会うために一人の若者が東欧に赴く。この人物、オルロック伯爵の正体はヴァンパイアであった。逢ってみると、このトランシルヴァニア人は奇妙だが、そうは言っても一応は人間である。オルロックは骨張った顔つきに長身痩躯。眼は大きくて落ち窪んでいる。鼻と指は異常に長い。長く黒い外套がその骨張った身体を覆い、ターバンのような帽子を被っている。伯爵の衣装は、彼の漠然とした「異質さ」を強調している。ストーカーのドラキュラと同様――そしてそれ以上に、元来のセルビアのヴァンパイアのように――オルロックは判然とせぬ割合で西洋的であると同時に東洋的である。

だが、オルロックは西へ移動すると共にその人間としての特徴を失い、ノスフェラトゥとなる。徐々にヴァンパイアはその人間的な見かけを剥ぎ落して行き、突出した牙を持つ獣のような怪物へと変貌する。遂にドイツに辿り着くと、この悪役は既に、爬行し侵入する影のようなものになっている。この招かれざる客は依然として全体的には人間の形をしているが、元々極端であったその特徴は既に全く異常な次元を獲得している。ノスフェラトゥは暗黒と死を体現している。彼は疫病を媒介し、彼の存在は無数の市民の死を引き起こす。

『吸血鬼ノスフェラトゥ　恐怖の交響曲』はこのヴァンパイアのイメージを活性化させる。そのイメージはそれ自体が一人歩きして、事実上、それを湛えている視覚的形態から溢れ出す。伯爵は人間――いかにその見かけが異様であろうと――から、非人間的な病毒の揮発性の塊へと変ずる存在である。トランシルヴァニアでは、このヴァンパイアの客に対する視線は流し目のような陰湿なものであったが、ドイツの場面では、それは恐ろしいほど直接的である。映画のクライマックスは視線の戦いである。ノスフェラトゥは、自分が属さぬ場所に行くことを可能としてくれた男の婚約者である処女に目を付ける。向かいの家から、ヴァンパイアはこの女をじっと凝視する。夜の帳が落ちると、彼は動き始める。映画の結末で、日光がヴァンパイアを捕える。犠牲者の清純さが蒸留されて超自然の光条となったかのように、太陽の光線がこの怪物を滅ぼす。

紳士を招聘するヴァンパイア。『吸血鬼ノスフェラトゥ　恐怖の交響曲』（F・W・ムルナウ監督、1922）

ムルナウの映画は、「古典的」で格調高いメロドラマを提供する。男は男であり、女は女であり、社会の永続的な秩序に対する脅威は天罰を降される。ノスフェラトゥには蠱惑的な、魅了する要素は何も無い。彼はドラキュラの悪しき面を全て備えているが、眉目良い外見だけは受け継いでいない。

ブラウニングの『魔人ドラキュラ Dracura』は同じ文学作品を素材として、異なる種類の映画的事象を引き起こす。銀幕上のドラキュラには、ストーカーの伯爵やムルナウのヴァンパイアのような獣的な特徴は何一つない。彼は常に一部の隙もない夜会服を着て現れ、控えめな表現で存在感を醸し出す。ルゴシのドラキュラは冷たく、不変の人物である――彼は英国人のホストたちに、静かな執拗さ、不気味な自己抑制を以て付け込む。この不屈で折り目正しいヴァンパイアが部屋に入ってくると、何もかもが沈滞する。伯爵のいない場面では、会話はもっと流暢に流れる。彼が現れると、動きはほとんど凍り付く。

ノスフェラトゥと同様、ドラキュラは強力な視線を持つが、その作用の仕方は異なる。ドラキュラの視線は、目の前にあるものを見るというよりも、このヴァンパイアの意志を他者に投射する。ルゴシの眼を強調する接写と強い照明は、その眼の持つ力を示している。視覚・聴覚的要素が一つとなり、伯爵が登場する度に危機感と不安感を高める。その結果、不吉な妖気がドラキュラ自身から放出されているかのように思え、観客は彼が忍び寄る登場人物たちと同様の胸騒ぎを覚える。

何を見ようと、状況はさらに悪化する。獲物に牙を突き立てる前に、ドラキュラはその視線で彼らを射貫く。ルゴシの演技はこの動画自体に背く。アイコンタクトから身体的攻撃に移るまでの時間を引き延ばすことによって、ヴァンパイアは観客を恐るべき力へと引き渡すのだ――彼ら自身の想像力に。

全体像

ヴァンパイアの様式は一九二〇年代と三〇年代以後、大きく変化し、またそれ以前にも変化していた。だがどのように見えようと、ヴァンパイアは視覚の領域に対する支配力を行使する。唐突に出現し消失する時も、あるいは永遠であるかのような視線で獲物を麻痺させる時も、彼らは、

威圧の眼差し――『魔人ドラキュラ』のベラ・ルゴシ（トッド・ブラウニング監督、1931）

彼らをはっきり見ようとする他者の試みを拒む。『バフィー～恋する十字架～ Buffy the Vampire Slayer』（一九九七―二〇〇三）では、ヴァンパイアは眼の瞬きによって、普通の「人間」の姿から、歪んだ顔、爛々たる眼と牙を備えた怪物へと変容する。滅多に活性化することのない『トワイライト』の不死者ですら、通常の現象界を超越する性質を備えている。われわれの肖像画廊が完成することはない。なぜならヴァンパイアの似顔絵は実際には描くことはできないからである。ヴァン

パイアは動的であり、常に流動している。視覚的認識パターンの攪乱によって不死者たちが生み出す混乱は、彼らに攻撃の機会を与える。獲物が彼らを認識した時には、彼らは既に怪物の為すがままとなっており――その結果は火を見るよりも明らかである。

第２章
ジェネレーションＶ

信じがたいことかも知れないが、ヴァンパイアが獲物を性的に征服したと議論の余地なく断言できる事例は実は滅多に無い。セルビアの不死者はベッドの上の獲物を襲ったが、それは睡眠中の人間が無防備であったからである。この出来事を記録したオーストリアの役人は、ヴァンパイアと思しき者の墓が暴かれた時に「不作法な徴候」を見たと述べたが、慎み深くも、それが何を意味しているのかは隠している。[*1] 明らかに、屍体の下腹部に何らかの怒張が見られたのである。役人はこの件について長々と述べることはなかったし、当時の人々はそれが議論に価するとは考えなかった。[*2]

ヴァンパイア文学は暗示や示唆に満ちているが、詳細についてはしばしば読者に委ねられている――存分に、読者自身の淫らな空想に浸るが良いと。ジョン・ポリドリのルスヴンは男との交際を好んだが、「友人」オーブリーとの間で何かをしているところを押えられたことはない。他者の人生を破壊することこそが彼の主要な目的なのだ。メロドラマのヴァンパイアは、処女の花嫁を必要とする。これはおそらく、無垢な乙女の方が持参金が多いからであろう。結婚への衝動が肉欲であることはほとんど無い。シェリダン・レ・ファニュの『女吸血鬼カーミラ』はレズビアニズムを仄めかすが、あからさまに描くことはない。ブラム・ストーカーのドラキュラが挿入するのは牙だけであり、夜は柩の中で孤独に過す。

ヴァンパイアの物語は極度にエロティックな事柄や「不作法な徴候」に満ち満ちているという印象を与えるが、われわれは自分自身のコンプレックスや妄想を不死者たちに投影せぬよう気を付けねばならない。本章では、いずれ淫欲的なヴァンパイアについても検証することになる。だがこの絶頂に到達する前に、一度深呼吸して、一九六〇年代後半以前には実際の「行為」はほとんど起っていなかったという事実を注視する必要がある。それでもなお、ヴァンピリズムは基本的に性経験への障害となることを見るだろう。

家族と教会

一七四八年、ハインリヒ・アウグスト・オッセンフェルダーはヴァンパイアを扱った最初の文学作品を書いた。彼の詩は熱心に恋する男と、その求愛を受け入れぬ少女を歌っている。その理由は彼女の生い立ちにある——

私の愛する乙女は

信心篤い母親の
お仕着せのお説教を、いついかなればとて
頑なに信じて止まぬ

最愛の乙女の名には、彼女の肉体に対する禁令が刻みつけられている。「愛しのクリスティアーネ（Christianchen）」は、古い世代によって名付けられた。「信心篤い母親」の「お説教」を「頑なに信じ」、それを自らのものとして、彼女は求婚者を退ける。それに対して、彼は彼女を脅す——

君はちっとも私に気が無い
それなら私も復讐してやろう。
……
そうして君が安らかに微睡む時、
君のこよなく美しい頬から
深紅の生き血を吸い取って見せよう、
私が君に口づけをしたら、
それも吸血鬼のように口づけをしたら、

さぞかし君はびっくりするだろう。
その時君がわななきながら、
私の腕に生きた空もなく
死人のように頽れてきたら、
私は君に訊ねてやろう、
君の信心深いお袋さんのお説教と、
私のとでは、どっちがいいかね？[*3]

大いに名声を得ることが運命付けられている譬喩において、オッセンフェルダーはヴァンパイアの嚙嚙を接吻に喩える。そしてその接吻は、まさに性行為を含意する。

だがつぶさに検討すると、この詩は不死者とエロティックな欲望の間に重要な繫がりを措定しているわけではない。募る欲望の声は宣言する、「吸血鬼のように口づけをしたら」。ここで問題となっているのは「復讐」である。そのイメージは衝撃と暴力を喚起する。それは少女に体現される子供としての義務と宗教性とは相容れぬ対照を為す。恋する男——その役割を上手く演じているわけではない——は、ここで怪物のように振舞っている。愛する者に楽しい時間を約束する代わりに、彼女を「生きた空もなく、死人のように頽れ」させようとする。これは明らかにオーガズム——「小さな死」——の隠喩であるが、格別誘惑的というわけでもない。恋人は実際には死んではおらず、少女も抵抗を続けている。ここにあるのはただ、成就しなかった空想だけである。恋人は思いを遂げられぬ場合、ヴァンパイアに「なる」（実際には、自分をヴァンパイアに喩えているだけ）。

ヨハン・ヴォルフガング・フォン・ゲーテの詩『コリントの花嫁 Die Braut von Korinth』（一七九七）もまた類似の論理を展開するが、その視点は逆転している。先行するオッセンフェルダーと同様、ゲーテの狙いはキリスト教倫理に対する批判である。少年と少女が結婚を望むが、親に禁じられ、若者たちの地上での幸福は阻害される。少女は肉体的な愛を経験する前に死ぬ。その後、花嫁は墓から甦り、禁じられたものを貪る。

われは墓より逐はれ来ぬ。
失ひにける日の幸を求めではおかじ。
失ひにける愛男に手纏き、胸の血吸はではおかじ。
ここに一人を殺しえば
さらに他に憑き、
若き男の族みな
恨みのままに亡ぼさむ。[*4]

ここでもまた、詩はヴァンパイア一般の淫欲を前提とはしていない。むしろ、攻撃行為（「胸の血吸はではおかじ」）を、優しさの行為の代替としている。ヴァンパイアのイメージは、抑圧的な倫理規範が癪に障る結果を生み出すことを示している。ヴァンピリズムは、性の欠如の結果として生ずる。自然な欲望が阻害されたときに生ずる倒錯であり、家族を破壊する復讐の一形態である。

テオフィル・ゴーティエの『死霊の恋 La Morte amoureuse』（一八三六）においても、エロティックな撒餌ゲームが起る。聖職者を諷刺するこの作品では、冒頭、若い男が司祭になることで教会と「結婚」を果たそうとする。純潔、清貧、服従の生活を受け入れる寸前、彼の信仰が験される。ロミュオーは美しい娼婦クラリモンドの形をとった誘惑に抵抗せねばならぬ。彼女は言葉に表し得ぬほどの恍惚と悦楽を約束し、彼はの心は大きく揺らぐ。だが最終的には心を鬼にして誓いを果たす。このフランス語の標題――は、むしろ Le Mort amoureux としても良いだろう。ゴーティエは司祭になるということを、一種の生きながらの死として提示する。宗教規則という歓びなき納骨堂こそが真のヴァンパイアなのであり、そこには性的なものは何一つとてない。女と共に情熱と歓びの人生を生きる代わりに、ロミュオーは事実上の墓の中で、禁欲的な、不死者のような存在となる。クラリモンドは、永劫への道を辿る男にとっては夢である――その名は、「輝かしき世界」と訳せる。神に従うことを選んだ司祭は、今や地上の歓びを永遠に禁じられている。

ヴァンパイアとエロスの繋がりは、言わば、自ずと不自然なものである――そこには強制的な、苦痛に満ちた体験が含まれる。シャルル・ボードレールの『吸血鬼の変身 Les Metamorphoses din Vampire』（一八五七）は、規則の存在を明らかにする例外である。ここでは、娼婦が自分の「苺のような口」「濡れた唇」「官能の愛」の技術は天使さえ「身を滅ぼすほど」であると嘯く。[*5]だが、この詩の後半は視点を逆転させ、全く異なる光景を見せる。

彼女が私の骨の髄をすっかり吸い尽くし、
物憂げに私が彼女の方に身を向け、
愛の接吻をお返ししようかとした時、私の見たのは
両脇腹のぬるりとした、膿に満ち溢れた革袋だけ！
身が凍るほどぞっとして、両の目を閉じたが、
生き生きとした光に両目を再び開けると、
私の横には、血を蓄えたように見えた
あの力強い人形［mannequin puissant］に代わって、
骸骨のかけらが雑然と震えていた……。[*6]

一度束の間の幻想から醒めると、この娼婦の客は全く誘惑的ではない何かを見る。彼女に関するあらゆることは嘘である。

この罪深い女は「骸骨」というよりも「ヴァンパイア」である。出来事は完全に隠喩の領域で生ずる。ボードレールのスキャンダラスな詩の多くがそうであるように、その基盤となっている価値観は宗教的な、厳粛なものである。[*7] 肉の世界は、死と腐敗を運命付けられている。mannequin puissant は単なる偶像でしかない——粘土であり、塵であり、儚い物質である。「血を蓄えたように見えたあの力強い人形」。だが実際には、何も蓄えてはいない。なぜならそれは——宗教的啓示の「生ける現実」によって見るものとは異なり——地上の欺きを体現しているからである。娼婦は束の間の、幻の魔法によって美しく、全能に見える。だが実際には、彼女は単に悲惨な、堕落した女に過ぎない。この詩の終りに、束の間彼女を実際の彼女以上のものと思い込んでいた男は、酩酊の高みから恥辱と絶望へと墜落する。

孤独にして愛無き

忘れぬように釘を刺しておくが、ヴァンピリズムは呪いであり、永続的な疎外の状態である。ポリドリのルスヴンはそれを最大限に活用しているが、その表情は永遠に曇ったままである。その社交性にも関わらず、このヴァンパイアは「沈黙と孤独とを愛する」[*8]。一九世紀になって舞台に上がったルスヴンは、衝動に身を任せ、休みなく獲物から獲物へと渡り歩く——おちおち楽しんでいる暇すらない。ヴァーニの人生もまた一つの長い長い下向きの螺旋であり、「自らという存在のあらゆる恐怖を認識する」プロセスである。[*9] カーミラは交友を渇望しているが、それは常に、彼女が望むような永続的なものではない。ドラキュラはトランシルヴァニアの故郷では手に入れることのできぬ何かを求めてその地を去らねばならない。彼の花嫁たちは彼を嘲る。「あんたは決して愛さなかった。愛することがないのさ！」[*10]。

ストーカーの小説では、ミーナ・ハーカーはほとんどヴァンパイアになる。だが、多くの読者の思い込みに反して、彼女のヴァンパイアリズムとの戯れは性体験の代りとして起るのである。ミーナとジョナサンは、ドラキュラが滅ぼされるまで結婚を完遂しない。伯爵がうろついている限り、ハーカーと、彼の結婚相手である「美しい顔立ちで、清楚な雰囲気の女性」は、全てを保留せねばならない。[*11] ヴァンピリズムはほとんど彼らの関係を破壊した。なぜならミーナは——もしもドラキュラと合流すれば——不死者の歓び無き欲求ゆえに、全ての通常の、人間としての欲望を抛ってしまうであろうから。

ミーナの友人ルーシー・ウェステンラは実際にこの変容を完了するが、ヴァンパイアになるということはエロスの抛棄を意味する。同書の冒頭では、多くの異なる男たちが彼女に求婚しており、ミス・ウェステンラは注目されることを歓び、選ぶことを望まない。ミーナへの手紙で、彼女は問う、「どうして三人の男性と、あるいは求愛してくれる全ての男性と結婚して、こうした悩みを解消してはいけないのかしら」[*12]。ルーシーの変貌の背後にあった衝動は放縦なセクシュアリティのように見えるかも知れないが、完全にそうであったわけではない。ルーシーは間違いなく、若い女には（特に一九世紀末の英国では）「不適切」な衝動を経験しているが、基本的には無垢であり、なぜ相手を選ばずその胸に飛び込んではいけないのかを理解していない。ルーシーは単に、美しい少女として受けるあらゆる注目を楽しんでいる。周囲に誰もいないときには、惜しげも無く自分自身に注意を向ける。「あなたは鏡の中に自分自身の顔を読んでみようとしたことがありますか？　私はあります」と彼女はミーナに書き送っている。[*13] 片意地なまでに処女的なルーシーは、過剰な自我関与にどんな危険が潜んでいるか、本当に知らないのである。[*14]

　だが、誰よりも（あるいは、より正確に言えば、どの女よりも）人生を楽しみたいという願いは、結局のところ、ヴィクトリア朝のヴァンパイアの論理によれば「自ら墓穴を掘る」ことになる。ドラキュラは喜んで支配する。それはつまり、哀れなルーシーは愛ある抱擁を受けることはないということである。彼女の死と、屍喰鬼《グール》としての復活の後、彼女は夜に徘徊して子供たちを付け狙う。遂に永遠の安らぎに到達する前に、彼女は幼い獲物の間で Bloofer Lady として知られるようになっていた―― Beautiful Lady の幼児的発音である。[*15] 彼女のヴァンパイアとしての存在は、彼女が嘱望され、今や否定された母親としての役割の残酷なパロディである。ルーシーはドラキュラと合流して永遠の乱痴気騒ぎをしたのではない――むしろ、彼女はもう一人の孤独な追放者となったのである。

　『ドラキュラ』の中で生じる性的結合に最も近いところのものは、実際には、その対極である。Bloofer Lady は止められねばならず、そのためには暴力を用いねばならない。ヴァンパイアと化したルーシーを始末すべく指名された人物は、誰あろう、彼女が最終的に結婚の約束をしたアーサー・ホームウッドその人である。ヴァンパイア・ハンター一行は処女の墓に押入り、彼女のフィアンセは為すべきことをする——

アーサーは杭とハンマーを手に持った。……アーサーが杭の先を心臓の上に当てた。……渾身の力を込めて、アーサーは杭を打ち込んだ。

柩の中で不死者が身悶えした。開いた赤い唇から恐ろしい、血も凍り付くような悲鳴が上がった。身体が揺れ動き、慄え、烈しく捩れ痙攣した。食いしばった鋭い歯が唇を噛み破り、鮮血は泡となって口を染めた。それでもアーサーは怯まなかった。何ら躊躇うことなく腕を何度も振り下ろし、愛の杭を深く、深く打ち込んでいくその姿は、さながらトール神を思わせた。[*16]

これと同じような二人が、同じような行為に、だが全体としてはこれほど悍《おぞ》ましくない形で熱中している場面を思い浮かべることは容易である。「開いた赤い唇」「烈しく捩れ」た「痙攣」、そして「深く、深く打ち込んでいく」「愛の杭」の逞しい挿入は、何もこのようなものである必要はない。だが、嗚呼、ルーシーはそのような歓びを知ることは決してないだろう。

エロティシズムは、ヴァンパイアに怯えた男たちが彼らに投影する特質ほど固有のものではない。F・G・ローリング（一八六九―一九五一）の短編『サラの墓 The Tomb of Sarah』は、『ドラキュラ』とほぼ同時代の作品で、もう一人の不死の女が登場する。その外見は彼女自身が提供するもの、というか、提供しようと望むものとは全く異なる何かを約束する。

伯爵夫人サラは「美しい顔」と「深紅の唇」の持ち主である。だがこれらの特徴は、彼女の唯一の顔ではない。美しい顔をしていないときの伯爵夫人は、「巨大なアジア狼の姿で」郊外を彷徨《うろつ》き、「子供たちを捕え、あるいはそれに失敗した時には羊やその他の小動物を捕える」。サラはパートタイムの美女に過ぎない。美しく見えないときには、恐ろしく見える。彼女は「名状しがたき恐怖」の体現である。なぜなら彼女の二つの半身は、足し合わせても統合された全体にはならないからである。[*17] 彼女を魅力的にしているものは、同時にまた彼女を恐ろしくしているものの一部を形成している。

物語は――ここで論じた他の多くの作品と同様――性的に見える事柄を宗教的枠組みの中に置く。大人しい群を食い荒らす野獣のイメージは、新旧両方の聖書を思い起こさせる。語り手は、父の残した文書の中に、「特に奇妙で異常な」ヴァンピリズムの話を発見した、と主張する。この父は「有名な教会修復の会社の長」として働いていた。[*18] 鍵となる問題は信仰であり、信仰は誤る可能性がある。この父と仲間たちが怪物を倒したとき、彼らは検邪聖省を演じていると信じていた（『ドラキュラ』のヴァンパイア・ハンターたちがそうであったように）。おそらくジークムント・フロイトなら言うであろう、セクシュアリティは原動力を提供するが、もしそうなら、それはこの男たちに属しているのだ、本当の意味で生きてはおらず女でもない「邪悪なもの」に属しているわけではないと。[*19]

サラは男を追うことはない。男の登場人物たちはエロティックな意味で脅威を感じるが、ヴァンパイア自身が破壊以外の欲望を感じた証拠は何も提示されない。最もあり得ることだが、サラは墓の中にいたかったのかもしれない――髭のヴィクトリア人に患わされることなく、男の神経症の世界とは無縁のままで。

雌の動物

前章で見たように、女のヴァンパイアが第一次世界大戦中およびそれ以後に本領を発揮するようになったのは偶然でも何でもない。男たちが戦いに行っている時に、女たちはそれまで引き受けたことのない地位に就いた。それに続いて――特に戦闘によって生じた労働力の減少からして――女たちはもはや、クラブハウスから締め出すことはできなくなった。社会的現実における変化の後に、空想の領域における変化が続いた。それが次に、人々が生きる日常のパターンに還流し、これを形成した。「ヴァンプ」は時代の子であった。変容の産物であり、同時にまたその媒介であった。

ヴァンプはしばしばフラッパーと間違えられる。戦後の十年間に登場した現代的で道楽者の女たちである。ボブのヘア、短いドレス、エネルギー溢れる音楽やダンスの嗜好で、フラッパーは思春期の勝手気儘な魅惑全開で羽ばたく《フラップ》。だがこの「鳥」は、定住して家に落ち着かない場合には「蝙蝠」に転ずる。

F・W・ムルナウのハリウッド・デビュー作『サンライズ Sunrise』(一九二七)は、『吸血鬼ノスフェラトゥ』の改訂版をアメリカの観客に提供する。齧歯類のような見かけの人間離れした異邦人の代わりに、『サンライズ』にはスタイリッシュな黒いファッションに身を包み、シガレットを嗜み、明確に現代的な髪型をした洗練された都会の女が登場する。この映画はこの女を、単に〈都会から来た女〉と呼んでいる。その本来の生息地——大都会——においては、〈女〉はまさしくその道楽者の姉妹たちと馴染んでおり、何ら問題を引き起こすことはない。だが田舎では、彼女の流儀は歓迎されざる、危険なものとなる。

ムルナウのかつてのヴァンパイア映画と同様、『サンライズ』は、その幸福を侵入者に脅かされる愛情深い夫婦に焦点を当てている。〈男〉は剛胆で素朴な類型、そして〈その妻〉は従順で忠実な配偶者である。二人には幼い息子がいる。〈都会から来た女〉が登場すると、生活の均衡は崩れ去る。〈男〉のハンサムな外見と率直な物腰に惹かれたこの異邦人は、容赦無く彼を追う。狩りのシーンは夜闇に乗じて起る。満月が空を照らし、〈女〉は影を縫って進む、徘徊するジャングルの獣のように。彼女は夫婦の家の外に潜み、ドイツを冒険するオルロック伯爵のように飢えた眼差しで窓から覗き込む。魔術に掛ったかのように、〈男〉は気がつくと、彼女の蠱惑に逆らうことができなくなっている。

『サンライズ』は何もホラー映画を自称しているわけではない。にも関わらず、一九世紀のメロドラマと同様、この映画は田園生活を、悪夢が幸福の夢を破壊する脆弱な場所として提示する。〈女〉は「邪悪の偶像」であり、わざわざ二〇世紀のアメリカのためにアップデートされたものである。彼女の外見には何一つ醜いところはない。だがその内面は腐敗している。ヴァンプは女に与えられた役割を拋棄し、ゆえに彼女の存在は自然な人間関係を毒する。彼女が感じ、恥知らずにもそれに従って行動する欲望は、必ずしも極端なものではないが、方向を誤っている。ゆえにそれは破壊として顕現する。ヴァンプは公然と攻撃することはない。その代り、彼女はほのめかしを弄する。家庭の束縛を断ち切り、彼女と一緒になるならば、より幸福な人生を送れると〈男〉を唆すのだ。彼女の魔法にかかった夫は、危うく妻を殺して子供を拋棄する寸前まで行く。

この映画の表題は、闇落ちした後の夫の精神的覚醒に由来している。『吸血鬼ノスフェラトゥ』と同様、この闇に包まれた惑星の高潔な人々を救うために、光は天から降り注がねばならない。教会で結婚式を挙げる幸福な夫婦を見た時、〈男〉は唯一の真なる愛と、結婚の義務を思い起こす。このヴィジョンが、ヴァンパイア――ひとり彼の家族のみならず、広く〈家族〉一般の敵――から彼の魂を救う。結末のシークエンスでは、悪女は火刑台へと送られる魔女のように連れ去られ、夫婦は抱擁する。このBloofer Ladyの追放は、家族という単位（及びそれが象徴する農業社会）の秩序を追認し、類型からのそれ以上の逸脱に対して扉を閉ざす。そしてまたしてもヴァンパイアの欲望は挫折に終る。

新たなる世代

「飛んでる六〇年代」に、全ては変った――あるいは、そう見える。フランスでは、ジャン・ローランが『ヴァンパイアの強姦 Le Viol du Vampire』（一九六八）、『裸のヴァンパイア Le Vampire nue』（一九七〇）、『催淫吸血鬼 Le Frisson des Vampires』（一九七一）などの映画でその名を高めた。ヘスス・「ジェス」・フランコ（一九三〇―）はスペインにおけるローランである。彼は、『ヴァンピロス・レスボス Vampyros Lesbos』（一九七一）や『シー＝デーモンズ She-Demons』（一九七二）といった映画を手がけている。英国では、ハマー・スタジオが超自然を題材とする扇情的な映画を制作し始めた。その皮切りは、ロイ・ウォード・ベイカーの『バンパイア・ラヴァーズ The Vampire Lovers』（一九七〇）である。[*20]

ヴァンパイアの新たなる世代は若く、ダイナミックで、そして何より、女である。彼らの祖先の多くが結婚と男に規定されていたのに対して、これらの女たちは自分のやりたいことを、やりたいときに、やりたい相手とやる。『ヴァンピロス・レスボス』では、不死者が日光浴にさえ出掛けている――天界の輝く光ですら、彼女らを止めるには無力すぎるらしい！　彼女らの精神は銀幕の外にいる道楽者の同時代人と同じく、高く昂揚している。

『バンパイア・ラヴァーズ』――レ・ファニュの『女吸血鬼カーミラ』に基づいている――は、

この時代における洗練された作例のひとつである。この映画の表題は、大規模なパジャマパーティに変容した〈サマー・オヴ・ラヴ〉を思い起こさせる。『バンパイア・ラヴァーズ』は、『女吸血鬼カーミラ』における二人の女の関係を、超自然の女子会に変える。ここではヴァンパイアは、ローラのみならず、その友人であるエマとも交際する。レ・ファニュの物語の謹厳な家庭教師は第三の仲間となり、年齢も他の若い二人と同年代となる。これらの少女たちは男や家族を必要としない——彼女らは自ら一つの社会を形成するのである。カーミラの友人たちは常に彼女の抱擁を快く思うわけではないとしても、その昂奮に抗うことはできない。不死者のライフスタイルは厳格な親の監視下の退屈な人生に対する別の選択肢を提供する。

だがそれはいずれにせよ、一方的な見方に過ぎない。仔細に検討してみれば、『バンパイア・ラヴァーズ』は女性の自主性の祝福などでは全く無い。カーミラが自分の——そして友人たちの——仲間から排除する男たちは、自分たちの権利の回復に懸命となっている。ローラの父と彼女のフィアンセはエマの父と手を組み、ヴァンパイア・ハンターであるハルトフ男爵なる人物の協力を取り付ける。男たちは協力して進行中の事態を暴き、若い女たちを自分たちの支配から解き放った怪物を滅ぼす。親しい交わりの歓びの後、気がつけばカーミラは狩られ、ひとりぼっちになっている。最終的に、男たちは彼女の首を胴体から切断し、自らの権威を確立する。『バンパイア・ラヴァーズ』は、実際には復讐のファンタジーである。最終的には悍ましい結末に終るとしても、この映画のそれ以外の部分もまた男の力の見本を示している。公然と暴力を

『バンパイア・ラヴァーズ』（ロイ・ウォード・ベイカー監督、1970）のこの場面には、想像の余地はほとんど残されていない。

揮うわけではないが、いずれにせよ他者への侵害であることは間違いない。女性の自立の夢を除外すると、『バンパイア・ラヴァーズ』は一つの長い長い、女たちの肉体のパレードとなる。銀幕上の男たちが優勢を取り戻す遙か以前から、観客席の男たちは九〇分にわたって、「適切な」場所にいる——エロティックな展示の対象としての——女たちを眺めるという支配的な歓びを堪能している。

『バンパイア・ラヴァーズ』は男たちの力の誇示の劇化である。カーミラは少女たちを、永遠なる思春期の罠に嵌める。女性の自己充足は、結局のところ、悪鬼の側の自己本位にしかならない。閨房で若い女たちは鏡を眺め、一緒になって新しい衣服を試す。だが、彼女らは成長しない、あるいは外の世界で期待されている役割を引き受けないがゆえに、あたかも墓の中に横たわっているかのように近づきがたい。長々と鍵穴から覗いた末に、『バンパイア・ラヴァーズ』はカーミラの女友達を引き籠もらせた手の付けられぬ自己愛を「治療」するために力尽くで踏み込む。レ・ファニュの物語は、ヴァンピリズムとは「人間が二重に存在すること、そしてその間にある計り知れぬ神秘」を含む現象であると玄妙に示唆していた。[*21] 原作では、カーミラは揶揄《からか》い、戯れる。時には乱暴すぎる行為にも及ぶが、総じて雰囲気は、たとえ型に嵌まらぬ形であるにしても、気遣いに溢れている。ニーナ・アウアーバックが述べているように、ヴァンピリズムとは「家族の役割の境界と、公認された結婚のヒエラルキーを破壊する交換、共有、帰属化である」[*22]。少なくとも、探求すべき存在の第二の面である。それと対照的に、『バンパイア・ラヴァーズ』は原作の特徴である養育的な個人的関係は全く無い。その代り、映画的窃視は観客を剥き出しの乳房、女の脱衣と入浴、同性接吻などで持て成す。視覚的「フェティシズムは……ヴァンパイアの口を覆い隠す」[*23]。カーミラは自らの物語を語ることはできない。ポルノグラフィが彼女に沈黙を命ずる。

カーミラの永遠の思春期の夢はバッドエンドをもたらし、成人期の「夜明け《サンライズ》」は彼女の女友達に衝撃として立ち現れる。目覚めた時、彼女らは男たちがあまりにも自由奔放すぎる女たちを罰しているのを見る。ジェネレーションVにおいてヴァンパイアであることは、恐ろしい生となり得る。

ドラキュラの凋落

カーミラのヴィクトリア朝の同時代人であるドラキュラは、乱交の時代においてはほとんど健闘することはなかった。ストーカーの伯爵は、実際には堅苦しい人物である——禁欲的と言ってもよい。トランシルヴァニアに召使いはおらず、彼はあらゆる仕事を手づから行なっている。自分の馬車は自分で御し、他人の手を煩わせることなく家事をこなす。既に述べたように、仲間である女たちは——ちなみに、家事を手伝うことはない——彼を揶揄っている（「あんたは決して愛さなかった。愛することがないのさ！」）。イギリスに来ても、ドラキュラには支援ネットワークなどはなく、何のかんのと言っても結局女とは上手く行かない。

　銀幕上では、この伯爵はやはり苛立ちを覚える。トッド・ブラウニングの一九三一年の映画では、ドラキュラは

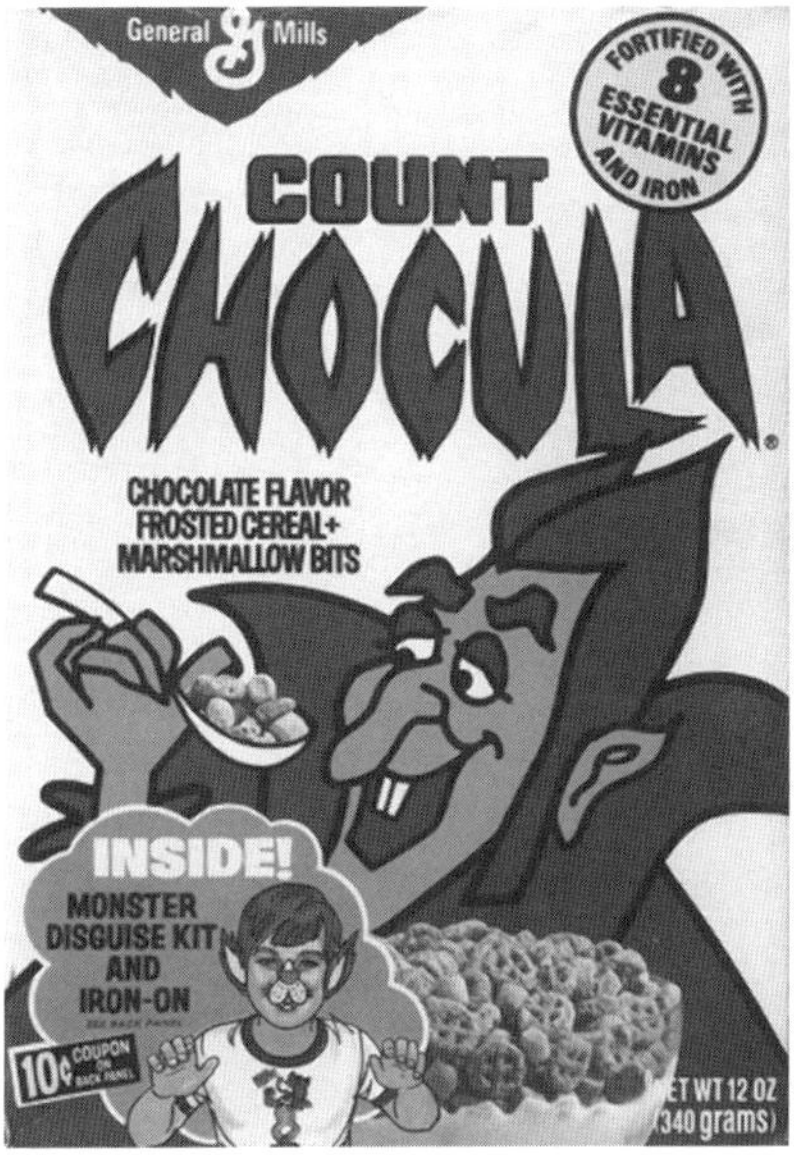

衰弱のマスコット、チョキュラ伯爵。この朝食用シリアルは1971年、ジェネラル・ミルズが発売した。

イギリス女を欲しがるが、それは昔ながらの求婚者としてではない。ドラキュラは常に一分の隙も無い盛装で登場し、彼がリラックスしているところを想像するのは不可能である。このヴァンパイアの王は、彼が会うどの人間よりも張り詰めた、「抑圧された」振る舞いをする。もしも伯爵が全ての女を手に入れでもした日には、命は――少なくともわれわれの知るようなそれは――停止するだろう。ドラキュラは停止せねばならない。なぜなら彼の冷たい、屍体のような存在は生殖を、およびそれに先行する活発な恋愛遊戯を脅かすからである。「死んで屍体になる」とドラキュラは狐に摘まれたようなホストたちを揶揄う、「実に悦ばしいことですな！」。

それ以来、ルゴシの伯爵役は凍てついたままである――時代に合わせたり、「寛ぐ」ことの出来ぬ、訛のきつい、戯けた物腰の中年男。『バンパイア・ラヴァーズ』とその同類の映画が作られた理由の一つは、二〇世紀が進展するに連れてドラキュラの訴求力がなくなっていったからである。『吸血鬼ドラキュラ Hornor of Dracula』（一九五八）に始まり、ハマー・スタジオはこのヴァンパイア王を扱う一連の映画を制作した――『凶人ドラキュラ Dracula: Prince of Darkness』（一九六六）、『帰って来たドラキュラ Dracula Has Risen from the Grave』（一九六八）、『ドラキュラ血の味 Taste the Blood of Dracula』（一九七〇）等々。だがこれらの映画においては、伯爵（演ずるはクリストファー・リー）はほとんど何もしない。上映時間のほとんどは、ドラキュラがほとんど死んだ状態になっていた後にいかにして甦ったのかという説明にのみ費やされる。漸くドラキュラが現れると、やることと言えば血走った眼で睨み付け、牙を剥きだし、しゅーっという声を出すだけであり、それから再び殺される。

ポール・モリセイ監督の『処女の生血 Bood for Dracula』は、かつてはあれほどまでに印象的であった、かのトランシルヴァニア人のアナクロニズムに検討を加える。映画は冒頭、伯爵（ウド・キア）がその血の気のない容貌を何とかしようとして髪を染め、化粧をする場面から始まる。彼の一族は全員死滅して無に帰した。そして彼にもまた、処女の花嫁を手に入れぬ限り、同じ運命が待ち受けている。ドラキュラの衰弱ぶりは痛ましく、車椅子を愛用しているほどである。ただ一人の召使いを連れ、彼は先祖代々の家を出て冴えないステーションワゴンに載り、自らにふさわしい妻を探しに出発する。

モリセイの映画の病弱なヴァンパイアは、過去の価値感にしがみつく保守主義者である。イタリアに辿り着いたドラキュラは、貴族であるホストたちが、彼自身と同様のレヴェルにまで落ちぶれているのを知る。彼らは彼自身のように肉体的に病んでいるわけではないが、精神的に堕落している。のみならず、好色な娘たちはマルキストの下男といちゃつき、彼は嬉々として彼女らに仕えながら、彼女らおよび彼女らが表しているものに対する軽蔑を隠そうともしない。彼女らの富、作法、モラルは既に地に堕ち、ゆえに彼女らはもはやこの不死の客を甦らせるに足るものをほとんど提供できない。あらゆることが伯爵を嘔吐させる。「この売女共の血のお陰で私は死んでしまう！」と悲惨なトランシルヴァニア人は叫び、絶倫の下男は彼に死の安息をもたらす。

これ以外にも、ドラキュラの映画は数え切れぬほどある。伯爵は必ずしもこれほど馬鹿げた存在に見えるということはない。ジョン・バダムによる一九七九年のリメイクでは、ドラキュラはかなりイケメンであり（ただしフランク・ランジェラの髪型、あれだけは駄目だが）、そしてフランシス・フォード・コッポラの一九九二年版は主演がゲイリー・オールドマンで、ロンドンの街路を徘徊する伯爵が敢えて若く、壮健に見えるようにしている。とはいうものの、今更この悪鬼で出来ることはたかが知れている。ドラキュラは既にストーカーの小説においてすら過去の遺物であった。彼の流儀は現代の対極に位置しており、そして彼が生活に参加するのはそれを絶つ時だけである。二〇世紀の後半においては、彼は事実上、化石と化している。

情熱と冷血

『バンパイア・ラヴァーズ』とその類いの映画の後、性的なヴァンパイアが増殖したが、それは露出の多い演物に対する大衆の飢えに便乗したものである。この種の不死者は魅惑的だが、学術用語で言うなら、十全な「欲求対象」ではない。このような誤用を正そうとするかのように、アン・ライスは不死者に自らの物語を語らせることによって、彼らに対する見方を変えた。ライスのヴァンパイアには男も女もおり、考え得るあらゆるジェンダー集団がある。これらの存在は、人々が彼らをどう見るのか、そして彼らについて何を言うのかという問題になると、自分が決定権を持つことを確認する。

ライスの処女作は『夜明けのヴァンパイア』（一九七六）。原題（Interview with the Vampire）が示すように、この小説には長い年月の内に自分の学んできたことを滔々と語るヴァンパイアに会見する人物が登場する。このインタヴュアーは「若者」とのみ呼ばれている。その匿名性のゆえに、彼は多くの読者の代役となる。若者特有の生意気さ――および残酷さ――で、この無名のジャーナリストは自分とこの怪物が同等であるかのようにヴァンパイアにアプローチする。小説の冒頭は――

「でも、テープはどのくらい持って来ているんだね？」ヴァンパイアが訊ねた。若者には向きを変えた彼の横顔が見える。「私の一生の話をするのに足りるかね？」。

「ええ、それが素晴らしい一生ならね。時々ですが、運が良いときには一晩に三、四人と会見することがあるんです。でも、きっと素晴らしい話だろうな」[*24]

言うまでもなく、その物語は極上であり、若者は期待以上のものを手に入れる。このヴァンパイアの物語は誘惑の行為であり、一二巻かそれ以上出ている〈ヴァンパイア・クロニクルズ〉で語られることの触りである。

ライスのフィクションは、二つの相補的な意味でエロティックである。まず第一に、禁断の知識への欲望こそが、常に新鮮な血を求めている怪物との親密な接触を開始させる。第二に、ヴァンパイアの語り手はその物語を語る際、肉の歓びを前面に押し出す。穏便な例を挙げるなら、『ブラッド・アンド・ゴールド Blood and Gold』（二〇〇一）の語り手マリウスはその長い長い生涯で出席した多くのパーティの内の一つを次のように描写する——

全部の部屋に歌い手がいて、宗教劇をやってるみたいだった。リュートにヴァージナル、その他何十もの楽器の音楽が溶け合い、美しい歌となって、皆の心を慰め、うっとりさせる。素晴らしい服装の若い少年たちが部屋を巡って、黄金の水差しから杯にワインを注いで回る。[*25]

ヴァンピリズムは、何にもまして、官能的な体験の高まりを約束する。ワイン、女（あるいは少年）そして歌は、聴衆／読者を「終わりなき宴」へと差し招く。[*26] ライスのヴァンパイアの語る物語はしばしば極めて視覚的に、不死者たちの間で嗜まれるあらゆる歓びを詳細に描き出す。だが、これらの小説に描かれる肉の歓びは餌であり、時には気を逸らすためのものである。ライスの作品の真の本質は、迷宮のようなストーリーテリングにある。〈ヴァンパイア・クロニクルズ〉においては、冒険と陰謀に満ち満ちた人生を持つ登場人物たちがますます増殖を続けていく。ライスは彼女のヴァンパイアに、超自然の能力を与えている——研ぎ澄まされた感覚、テレパシー、目覚ましい自然治癒力、発火能力、等々。それぞれの不死者によって能力にはばらつきがあるが、彼らは全員、魔術的存在である。シリーズ中のさまざまな巻の舞台は二〇世紀のアメリカ、革命期のフランス、ルネサンスのイタリア、古代ローマなどに及ぶ。ヴァンパイアはゴビ砂漠やアフリカの荒野も旅して来た。彼らは錬金術を行ない、諸帝国の興亡を目の当たりにしてきた。彼らの個人史は人類全体の歴史と同様に豊饒かつ多様であり、その物語が尽きることはない。

ライスの小説は、それ以前のヴァンパイア・フィクションの対極を行っている。ルスヴン、カーミラ、そしてドラキュラは安定した生活の中に侵入し、その物語は彼らの獲物に起ったことに焦点が当てられる。一方、〈ヴァンパイア・クロニクルズ〉の不死者たちは自律的に生きている。人間の仲間を探すより、人間の方から彼らに近づいていく。不死者の一員になるということは、凡人の群を超越するエリートに属するということである。ライスのヴァンパイアは喜んで彼らの流儀を分かち合うだろう。だがそうする際、彼らは一つの難問を出す――お前にその気があり、そしてわれわれが認めるなら、仲間になるが良い。

シリーズが進展するにつれ、視点は何度も何度も変る。ライスの登場人物の各人――ルイス、レスタト、クローディア、アルマン、その他無数――に、それぞれの物語がある。ヴァンパイアは平行的な社会を形成している。その社会は放埒が支配しているようだが、物事は見かけ通りではない。実際には、ヴァンパイアであるためには参入儀礼と規範の遵守が必要である。参入者は注意深く選ばれ、この新たな存在形態への素質が厳密に試験される。一族のメンバーとなっても、掟を守れなければ追放――あるいはさらに苛酷な処遇が――されることもある。内部抗争や主導権争いもまた頻繁に起り、抗争は大陸を越え、何世紀にも及ぶこともある。
ライスの本は、舞台裏を見通し、何千年にも及ぶ流血と受難の中心にあるものを知りたいという読者の願望を刺戟する。だが、それが自らが提起した疑問に答えることはない。〈ヴァンパイア・クロニクルズ〉は不老の配役による一つの長い連続ドラマを形成する。無数の過去篇、余談、カウンター・ナラティヴが謎を構成する。それはもはや、ヴァンパイアの目から見れば瞬きの間に死んでしまうことを運命付けられた通常の人間のみならず、当の不死者にとっても見通すことはできない。マリウスは言う——

どれほど永く生きようとも、われわれには自分の記憶がある。時の中には、時それ自体にも消せぬ点がある。苦難は記憶を歪ませるかも知れないが、苦難に対してすら、幾つかの記憶はその美や輝かしさを明け渡すことはない。むしろ、宝石のように固く留まり続けるのだ。[*27]

懇意な保護者

アウアーバックが述べたように、ライスの不死者は「倫理観のない耽美主義者」である。しばしば悪意に満ちているが、常にそうであるわけではない。[*28] その気になれば、これらのヴァンパイアは人間の騒乱の中に入り込み、能動的な役割を果たす。だがしばしば、彼らは冷淡に観察している。彼らのアウラの源泉は、上から目線の無関心で人間たちの行状を静観する能力にある――異なる時代、場所、人々を。彼らの魅力は、彼らが為すことと同程度に、彼らが為さざることに根差している。

それとは違う種類の不活発さ――性的な事柄における顕著な抑制も含め――が、ステファニー・メイヤーの『トワイライト』(二〇〇五)およびその続編の核にある。ベラ・スワンとそのボーイフレンドであるヴァンパイアのエドワードは、ほとんどキスすらしない。その代り彼らは長い散歩に出掛け、寝転がって音楽を聴く。ベラにとって、ヴァンパイアとの交際は思春期の混乱からの逃避を提供してくれるように見える。この小説の数多い批判者は、エドワード・カレンを単なる善人ぶったペテン師として一蹴する。そのイケメンぶりとカネの力で少女たちを夢中にさせているだけのガキに過ぎないと。エドワードは「ぴかぴかの新車のヴォルヴォ」に乗り、服装は非の打ち所がなく、「有能な俳優」のように話す。彼の家族もまた同様にイケている。たとえ彼らがヨーロッパのモデル集団のように見えるとしても、彼らの楽しみと言えば「アメリカの娯楽」野球である。メイヤーのヴァンパイアは、人間を傷付けることを好まず、自らをベジタリアンと称する。なぜなら必要な血は人間以外から調達しているからだ。一族の長であるカーライルは地元の病院で医師として働いているほどである。その異端ぶりの最たるものは、彼らの家に十字架が飾られていることである！[*29]

だが、この表向きの健全さの裏側には、何にせよ何やら不吉なものが潜んでいる。一見ティーンエイジャーのように見えるエドワードは、実際には百歳を越えている。のみならず、彼は弱い者を罵ったりもする。物語の冒頭、ベラは最愛の母を失い、アリゾナ州フェニックスを発ってワシントン州の田舎にいる父——彼女自身もあまり知らない——の許に向かう。ベラは賢く機知に富んでいるが、若くて未熟でもある。多くの思春期の男女がそうであるように、ベラは学校に馴染めぬことで自分を責め、すぐに自分の欠点を挙げる。

もし、あたしがいかにもフェニックス出身の女の子って感じだったら、それを武器にできたかも知れない。小麦色の肌をして、スポーティで、ブロンドで、バレーボール選手とか、チアリーダーとかにぴったりのタイプだったら良かったんだろう。ところが、あたしはそうじゃない。あたしの外見はどこにも馴染めない。

あたしはたっぷり太陽を浴びてたくせに肌は真っ白。……昔からスリムな方だけれど、何となくぷよぷよしていて、体育会系じゃないのはすぐ解る。[*30]

ベラは思う、「あたしは、同世代の子たちと上手く付き合えない……何と言うか、人と上手く付き合えないのだ」。社会に馴染めぬ若い少女と交際して過す年上の男は一般にあまり健全とは言えない。理由は不明だが、エドワードは常に「くすくす笑い」、何やらほくそ笑み、あるいは「何か自分だけのジョークを楽しんでいる」[*31]。このいけ好かない奴の秘密とは何か？　もしもベラが、ハンサムで裕福な少年のように見える人物に魅了されたとしたら、それは全く正常なことである。対照的に、彼女に対するこのヴァンパイアの感情は法で罰せられるような形の魅力に近いものである。

『トワイライト』の暗黒面を正しく評価するならば、同書は学校の推薦図書から抹消され、あらゆる家庭から放逐されるだろう。エドワードが初めてベラを見た時の反応は怒りであった。この少女は、このヴァンパイアにほとんど制御不能な情熱を呼び起こした。彼は愛する者を脅迫することでこの状況に対処する。「きみはちょっとくらい恐怖を実感した方が良い」と彼は彼女に言う、「何よりきみのためになる」「僕が望んでいるのはきみと一緒にいることだけじゃないんだ！ それを忘れるな。僕が他の誰でもない君にとって一番危険な存在だってことを絶対に忘れちゃいけない」。ヴァンパイアは自らを「アル中」「ヘロイン中毒」に準《なぞら》える。彼は自分が「横暴なまでに保護的」であることを認める。彼の声は「気取って」いて、未成年の彼女に話す時には常に上から目線である。[*32] エドワード・カレンはそれこそ絵に描いたような完璧な容姿だが、ほとんどの親が自分の娘には付きまとって欲しくないと思う男である。総体的に、彼は（良くても）DV夫であり、（悪くすれば）シリアルキラーに見える。

恐れて逃げることをせず、眼の中の死を見詰めることによってのみ、ベラは真に自らの愛を証明することができる。彼女は恋人を変えることは出来ない——ヴァンパイアはヴァンパイアである——が、彼を魅了する女性的な受動性を能動的に受け入れることによって成長し、自らの役割を獲得することが出来る。ヒロインの素晴らしいロマンスへの鍵は、目の前の難問を、自分だけが責任を負うべきものとして受け入れる覚悟にある。ベラは決意し、それにすがり付く。前途に何があろうと。[*33]

『トワイライト』は、性的な事柄において登場人物が見せる抑制のゆえに、倫理的品位を保っている。だが、「真の愛は全てに勝つ」という観念を賞揚することで、『トワイライト』は基本的に読者――主として若い女性――に、暴力で脅迫する支配好きなストーカーを遠ざけるなと促している。ベラとエドワードは最終的には結婚して子を設ける（後の巻で）。だがその本質において、きらびやかな不死者に関するメイヤーの物語は、ヴァンパイアの恋人たちを描いたあからさまな映画や本を遥かに凌駕している。『トワイライト』は少女たちを脅迫して伝統的な役割を受け入れさせ、ベラの事例を通じて彼女らにマゾヒズムの歓びを教えているのだ。

メイヤーはヴァンピリズムの源泉を形成する脅威と倒錯に通じているという点において賞賛に値する。もしも『トワイライト』が今後も成功を続けるなら、多くの若い命が失われ、世界中のヴァンパイアは歓喜するだろう。

伝統的価値観

不死者は、一九六〇年代と七〇年代の若い女性に家父長制社会からの逃避――最終的にそれがいかに実体のないものであるかが判明するとしても――を提供した。この二〇年ほどの間、彼らは彼女らに男の庇護下に入る方法を指し示した。言わばベラの姉に当たる存在が、TV番組『バフィー～恋する十字架～』（一九九七―二〇〇三）のバフィーである。ベラと同様、バフィーは安定した家庭生活を持たない。両親はやはり離婚し、彼女は指導を必要としている。管理下を離れたバフィーの最初の一歩は、エンジェルとの出逢いであった。彼は完全な悪というわけではないが、何にしてもヴァンパイアである。後の方で彼女はもう一人の不死者、スパイクと親しくなる（第4章参照）。

バフィーは普通のティーンエイジャーとして過しており、言うほど四六時中虐殺にばかりかまけているわけではない（原題を直訳すれば「ヴァンパイア虐殺者バフィー」）。ヴァンパイアはごく普通の思春期の少年少女に訪れる危機の瞬間を象徴している。つまりこの番組の売りは、誰もが体験することを超自然的に誇張して提供することにある。『バフィー～恋する十字架～』は成長に伴う危機を主題としている。ヴァンパイアが出現する「ヘルマウス」がバフィーの高校の図書館の下にあるのは決して偶然ではない。人生について学ぶこと――書物によろうと、あるいはより「直接的」な方法によろうと――は、困難な企てである。友人たちの助けと、そしてより重要なことに、彼女の「後見人」であるルパート・ジャイルズの指導を得て、ようやくこのティーンエイジャーは危険な世界を航海することができる。シーズンが進むほどに、不死者の性格はヒロイン自身の成長と共に変っていく。もしもヴァンパイアがさほど脅威的な存在ではないということを明らかにし、徐々に純然たる悪の化身ではなくなっていったとしたら、それは〈虐殺者〉の成熟の故である。バフィーが大学に行く頃には、ヴァンパイアや悪霊やその他幻想的な存在の世界はより馴染のある配役に受け継がれており、彼女は自分の役割に満足するまでに成長している。

異なる設定で、やや年上の主人公に、より「アダルト」なイメージと主題を持たせた『トゥルーブラッド True Blood』（二〇〇八―）もまた日常生活にヴァンパイア的装飾を着せる。スーキー・スタックハウスはルイジアナ州の小さな街ボン・タンでバーのウェイトレスとして働いている。ベラやバフィーと同様、彼女は自分が世間に馴染めないと考えている。実際、彼女は異能者である。というのも、テレパシーの能力を有しているからだ。この能力はまた障害でもある。なぜなら彼女にとって、不快な他者の思考の流入を遮断することは不可能だからだ。テレパスであるがゆえに、スーキーは他者の目には注意散漫――そして時には気違い――に見えてしまう。ゆえに、その善良な気質や美しい外見にもかかわらず、彼女は（酔客の卑猥な思考以外は）さほど男性の関心を惹くこともなく二〇代に突入してしまった。スーキー――やはり幼い頃に両親を亡くしている――は、まさにヴァンパイアにもってこいの存在である。

『トゥルーブラッド』においては、人間の血漿の人工的な代替物が存在し、不死者は人間を傷付けることなく存在を維持することが可能となっている。にも関わらず、ヴァンパイアは常に平等な扱いを受けるわけではない。特に、ボン・タンのような小さな田舎のコミュニティにおいては。ヴァンパイアには二種類の敵がいる。第一は宗教原理主義者（〈ゴッド・ヘイツ・ファングズ〉）、第二はハイになるためにヴァンパイアの血を求めるクズどもである。他者の思考を読めるスーキーは、ヴァンパイア・ヘイターの偏見の背後にいかに偽善や利己的な快楽主義があるかを知っており、この怪物が実際にはどのようなものであるのかを知りたいと願っている。

その結果、ある夜、この活気のない小さな街にヴァンパイアが出現して、この若い女は昂揚する。そのハンサムな他所者がバーにやって来て、スーキーは喜びで目を眩ませる――とうとう新鮮な風が吹いてきた！　無論、それに気づいたのはこのウェイトレスだけではない。バーの下劣な客たちもまた昂奮している。彼らは即座にこの新入りを駐車場へ誘い、銀でその能力を封じ（この番組では、銀はヴァンパイアに対して魔術的な支配力を発揮する）、その血を抜こうとする。スーキーはこの無防備な怪物の救援に駆けつけ、敵の油断に乗じて彼を救出する。

一見したところ、『トゥルーブラッド』は女性の力の拡大を賞揚し、フェミニズムの旗印を掲げている。だがそれは全体図の中の小さな要素に過ぎない。スーキーが因襲と袂を分かつのは単に例外的な状況においてのみであり、可及的速やかに、喜んでより慎み深い役割を採用する。当初は狼狽するものの、ヴァンパイアは彼が「男に惚れられる男」であることを証明するような形で攻撃者たちに対処する――あまりにも激烈な暴力の発作で彼らを殺戮したため、人々は彼らの住処であったトレーラーが竜巻に破壊されたと思い込んでしまうのである。かくして名誉を挽回した彼は次に求愛に転ずる。まさに南部の淑女らしく、スーキーは髪を束ね、可愛いドレスを着て、祖母の家の客間で求婚者をもてなす。

「ヴァンパイア・ビル」との交際により、スーキーは自らのセクシュアリティと繋がるようになるが、それは彼女が職場で耐えている「クズども」の下品さを回避する形においてである。ビルは本物の紳士であり、それを証明する記録もある。一八〇〇年代にこのヴァンパイアは妻子をつつがなく養っていた。また招集を受けて南北戦争で戦ったこともあった。だが時代は変った。哀れなビルはもう一世紀以上も孤独をかこち、相応の女性を探していた。彼は露出度の高い服を着た怠惰な娘たちには我慢がならなかったのだ。

スーキー――その能力／障害のために汚染を免れている――は、結婚と新生活のための理想的な候補者であった。彼女の祖母もまた、このヴァンパイアに会って昂揚する――ビルは完璧な客として、〈栄光ある死者たちの末裔〉の集まりで話をする。これは北部の「侵略者」に対抗して南部の生活様式を守っていた一九世紀の祖先たちの遺産を受け継ごうとするボン・タン住民の会である。ヴァンパイア・ビルは現代世界においてはほとんど消滅してしまった伝統を復活させ、自ら体現する、別の時代からの訪問者である。彼は放縦の荒れた夜ではなく、家庭内の治安と古き良き価値観への回帰を約束する。スーキー・スタックハウスは彼が本当に理想的な夫であることを判断するのにテレパシーを用いる必要はない。

仮死状態

ヴァンピリズムは欲望を抱くことと、それに従って動くことの間に生ずる。もしも人がただ出掛けて、自由気ままにやりたいことができるのなら、不死者など必要なかっただろう。ヴァンパイアが真に「愛する」ことができようとできまいと、常に何かがその成就を阻み、彼らは代替的な悦びの形を探し求める運命にある。部外者はしばしば、不死者の因襲に囚われぬ行為を自己充足であり自由であると誤解するが、一般にはそれは個人的な地獄に過ぎない。彼らの仲間になることはその抑制を受け入れることであり、それを克服することではない。代わる代わる――アン・ライスの本の場合のように――自己主張の強いヴァンパイアたちと会って話している内に、その人間ドラマは、墓場の平穏を望むに十分なものとなる。いずれにせよ、不死者との親密な関係はおそらく、避けるに如くはない。何百年――時には何千年――にもわたって地上を彷徨《さまよ》ってきた怪物が、通常の人間が「お荷物」と呼ぶものを持っていないということは滅多にないのだ。

第３章

純米国産ヴァンパイア（およびゾンビ）

ヴァンパイアは、文化的アイデンティティと社会的役割が曖昧化した時と場所にいつでも現れる。不死者の活動はまず、政治的・宗教的に葛藤するセルビアで記録された。そこでは地元住民は自分たちの生を支配している者たちに対して、そして彼らの下で以前とは異なる存在に変容してしまった自分たち自身に対して、不安を抱いていた。後のヴァンパイア神話の表現もまた、力を持つ者たちへの、そして彼らによる共通善に対する毀損への、不安を表明していた。メロドラマは、一九世紀の舞台であれ二〇世紀の映画であれ、不死者をどこからともなく現れ、過去から受け継がれてきた牧歌的な生活様式を損壊する者として描いていた。この怪物があからさまにエロティックな事柄に取り憑かれているのは、男と女が共同生活をする上で期待される役割の変化と変則に由来している——ヴァンパイアが淫らで猥褻に見える時、彼らは健全なセクシュアリティと正常な生殖パターンを混乱させているのだ。

伝統的に、不死者は東欧から来ることになっている。だがこれは、たとえ事実であるとしても、話の半分でしかない。もしもヴァンパイアがその真の出自について人々を欺いており、そもそもヨーロッパの出身ですらなかったとしたら？　意外かも知れないが、この怪物は新世界と特別の繋がりを持っている。本章では、ちょっとあり得ないような住所にヴァンパイアを訪ね、その辺りの家の戸を叩いてみる。するとそこには、ヴァンパイアと同類の、だが別種のものが住んでいるのだ。脚を引きずって歩く悲しき屍体、ゾンビである。この正反対の――だが、究極的には相補的な――二つの不死者の形態は、アメリカの二つの全く異なる側面を表している。

だが別の岸辺に上陸する前に、まずはヴァンパイアがその足跡を残している、西欧の中心地を訪ねてみることが必要である。後に見るように、ヴァンパイアが何にせよ、最初にその力を散開させたのは、一九世紀における最大の二つの都市のスラム街と秘密の隠れ家であった。ここでは、異国の影響力はより速く、そしてその不気味な全ての次元へと広まったのである。

ロンドンとパリ

一八〇〇年代においては、ヴァンパイリズムは主として――ディケンズの言葉を借りれば――「二都物語」であった。ジョン・ポリドリによるルスヴン卿の物語は、ロンドンに始まり、ロンドンに終る。ヨーロッパ大陸の田舎の場面はこのヴァンパイアにより制約の少ない形で振舞う機会を与えるが、それは、とりわけ、未知の集団を仲間に迎え入れることがいかに危険であるかを示している――無論、異邦人は他のどこよりも、人口稠密の地に多い。シャルル・ノディエによるルスヴンの舞台化もまた都会人を対象としていた。ノディエのヴァンパイアによる捕食は、成り代りと結婚による財産獲得という怪しげなゲームを舞台に持ち込んだ。それは体制の変動と経済的混沌の時代に、フランスの中心たるパリで猖獗を極めていたものである。ヴァーニ（彼の物語には、ナポレオン戦争を初めとする一九世紀の事件への言及がある）もまた同様にその滋養を近代生活の不安定な状況に依拠しており、ロンドンをその主要な棲息地としていた。

大都会は影と恐怖を増殖させる。なぜならそこには何でも、どんな者でも現れ得るからである。世紀半ば、ヴァンパイア作品が真の産業になる直前、最も人気のあった文学ジャンルの一つは、いわゆる「都会の秘密」であった。ユジェーヌ・シュウが連作小説『パリの秘密 Les Mystères de Paris』（一八四二―三）で生み出したジャンルであり、この都の街路を埋め尽している無数の犯罪、陰謀、激情を活写する。シュウは語る、パリの秘密はそこに住む何百万という人々の秘密と同じだけあると。多くのパリ人は正直に見えるが、人の眼に触れぬ場所では不善を為す。逆に、全く腐りきっているように見える人が、しばしば善良な面を持ち、善を為すこともできる（シュウがこれらの事柄にあまり関心を払っていないとしても）。

シュウの小説はジョージ・W・M・レイノルズの『ロンドンの秘密 Mysteries of London』（一八四五―一八四八）を初めとする、無数の追随作品を生み出した。[*1] これらの書物は現代社会の裏側に眼を向けている。そこでは生は一見そう見えるほど単純ではなく、悪はしばしばすぐそこに潜んでいる。「都会の秘密」文学は半分は実地調査、半分は扇情主義である。ホセ・B・モンレオンが述べたように、シュウの作品の原点は「彼が書こうとしている蛮族や野人は遠い国に属しているのではなく、『われわれ自身の間』に見出せるのだという事実を読者に提示する」ことにある。[*2] シュウやレイノルズやその仲間たちによる物語には、実際には超自然的な要素はない。だがその内容は、あからさまな幻想的文学と同じ源泉に発している。

ポール・フェヴァル（一八一六—一八八七）の『ロンドンの秘密 Mystères de Londres』は、レイノルズの成功作の前年に登場した。一八六五年に彼は『吸血鬼 La Vampire』を上梓する。「人々がパリと呼ぶところの巨人の秘密の伝記」である本作は、この二つのジャンルの間に架橋する。[*3] 頁を繰るごとに奇妙な出来事が起り、遂にその黒幕が明らかとなる——不死者である伯爵夫人マルキアン・グレゴリイである。だがもしもこの伯爵夫人が邪悪な行為を操っていたのだとしても、彼女一人でそれを為し得たはずはない。この小説は、彼女はフランスの都に暗躍する多くのヴァンパイアの一人に過ぎぬということを示して終る。実際、この異国の伯爵夫人はより強い同族の男に恋い焦がれており、彼は彼女を他の全ての者と同様に利用している。もしも彼女がパリ人であり、フランスに生まれ育ち、同国の不死者と同じ世智を身につけていたなら、彼女はもっと上手くやれていたのかもしれない。

ブラム・ストーカーの『ドラキュラ』もまた、一つの大きな秘密を演じている。小説は少数の主役たちに焦点を当てているが、無数の端役たちがそれぞれの出来事において役割を演ずる。これらの人々は、ハーカー夫妻やその仲間たちのような社会的地位は持たない。彼らは港湾労働者であり、飼育係であり、あるいはその他の身分の低い者たちの寄せ集めである。『ドラキュラ』はかなり多くの頁を割いて、裕福な人々ならば通常は避けるような領域に伯爵の活動の手掛かりを探させる。異国からの怪物を発見するため、ヴァンパイア・ハンターらは自分自身の世界の奥深くを覗き込まねばならない。するとそこは、彼らにとってはほとんど完全な異邦人である人々の住む場所であったことが判明する。

ドラキュラは「ロンドンと生活を分かち合い……そして死をも分かち合い、ロンドンをロンドンたらしめているあらゆるものを分かち合」うために英国の都を求める。[*4] 彼にそれが可能なのは、ロンドンが彼のような、少なくとも部分的には彼のような存在を匿っているからである。重要なことに、ヴァンパイア・ハンター自身が、小説の進展と共にますます低い階級に落ちていく——住居に押し入り、怪しからぬ輩と付き合い、宗教の祭具を穢すことまでする。「巨大なロンドン」をまともに体験することは、それがまさしく「ロンドンをロンドンたらしめているあらゆるもの」を含むがゆえに、堕落的な影響をもたらす——ヴァンパイアの抱擁のように。[*5]

意外なヴァンパイア？

『ドラキュラ』本文に先立つ編集上の注釈において、著者はこれが現実の事件であると主張している——

以下の文書がどのように配列されるに至ったかは、当の文書を読めば明らかになる。後に明らかになる展開に対して矛盾しかねない物語も、純然たる事実として提示されるべく、不必要な説明は一切取り除いてある。記憶違いが生じるような回想体の叙述は、全体に亘り皆無である。何故なら、ここに選ばれた記録はすべて厳密に即時的なものであり、記録をした者が、自らの視点から、確実に知り得る範囲内で行なったものだからである。[*6]

この宣言は全くの嘘というわけでもない。ドラキュラが披瀝する超自然的な能力を除けば、この小説に書かれた全てのことはかなりの程度までありそうなことだからである。ロンドンに窃盗、成り代わり、殺人が満ち満ちていたのは「純然たる事実」である。人が――犯罪の犠牲者であれ、犯人であれ――「確実に知り得る範囲内」のありとあらゆる奇妙な事柄を語るのは厳然たる事実である。そして真実というものはしばしば、「後に明らかになる展開」と矛盾するということもまた、厳然たる事実である。

大都会で起る無数の出来事、そして人々がそれに関して話す多様な内容は、厳正にデータを整理する者を必要とする。そして用意周到を期す著者の姿勢は賞賛に値する。とは言うものの、もしもストーカーが全てを伯爵に帰するなら、彼は誤ったジャーナリズムを実践していると言えるかもしれない。

ロンドンはもう一人の不気味な異邦人のホストとなる。『ドラキュラ』の物語の中盤、この大都会での状況が何ゆえにかくも悪化してしまったのか誰にも説明できなくなった時、ドクター・ジョン・シューワードは彼が「師」と呼ぶ男に手紙を書く。オランダ人医師エイブラハム・ヴァン・ヘルシングは即座に、ほとんど訳の解らない手紙で応える――

前略

君の手紙を受け取るよりも早く、私は既に君の許へ向かっていたよ。運良く、私を信頼してくれる人たちに何ら迷惑を掛けずに、すぐに出発することができる。状況が違っていれば、私を信頼してくれる人たちには大変な迷惑を掛けることになっただろう。……かつて我らの友人が、緊張の余りにうっかりナイフを落としたために、私は傷を負うことになった。その時君は、私の傷口から毒を速やかに吸い取ってくれた。そうすることで君は、私の助けを必要としている君のその友人のために、彼の幸運が為し得る以上のことをしたことになるのだ。そう君の友人に言いたまえ。君の友人のために仕事をするのは嬉しいことだが、それはあくまでおまけに過ぎない。私は君のために行くのだ。……ではその時まで、さらばだ。親愛なるジョンへ。

ヴァン・ヘルシング＊7

この過去の出来事については何も解らないが、ヴァン・ヘルシングとシューワードの関係は奇妙なものに見える。「かつて我らの友人が、緊張の余りにうっかりナイフを落としたために、私は傷を負うことになった。その時君は、私の傷口から毒を速やかに吸い取ってくれた」。一体全体、その時はどういう状況で、何が起っていたのか？「我らの友人」とは何者か？一体彼らはそのナイフで何をしており、なぜそれに「毒」がついていたのか？ヴァン・ヘルシングが出発することによって誰かに「迷惑」を掛けるとはどういうことか？ 彼らの「信頼」とは何か？ それより何より、そもそもこの男は何者なのか？

シューワードはヴァン・ヘルシングを「現代の最も進歩的な科学者の一人」と呼んでいる。彼は「未知の病気に関して、世界中で最も詳しい人物」である。医学博士であるのみならず、ヴァン・ヘルシングは「哲学者であり形而上学者」でもある。実際、彼はあまりにも多くの博士号を持っている――医学博士、哲学博士、文学博士等々――ので、「親愛なるジョン」ですらその全部を覚えているわけではない。ある時点で、シューワードはヴァン・ヘルシングが「外国人であるから、イギリスにおける法律上必要な手続きを知らず、そのために無用の面倒を引き起こしかねない」と懸念する。これに対して、この異国のヴァンパイア・ハンターは応える、「わかっとる、わかっとる。私が医者であると同時に法律家でもあることを、君は忘れておるようだね」[*8]。

ちなみに、シューワードは私立の癲狂院を営んでいる。ヴァン・ヘルシングのような人物に頼るとは、彼は自分の患者に勝るとも劣らぬ気違いなのか？ 患者のレンフィールド（虫喰い男）もまた、ドラキュラを「師」と呼んでいた。

他の登場人物がいずれも大なり小なり伯爵の策謀に苦しんでいるというのに、ヴァン・ヘルシングだけはその限りではない。ヴァン・ヘルシングがドラキュラについてあれほどよく知っていたのは、彼自身がヴァンパイアだからなのか？　もしそうなら、間違いなく両者の間の憎悪――および賛嘆――も説明がつく。ヴァン・ヘルシングは伯爵を評価しているような言葉を吐くが、それはむしろ自分自身のことを語っているように聞える――「奴は生きているときには、本当に素晴らしい人物だったのだ。……奴は優れた頭脳を持ち、比類無き学識を備え、恐怖も憐憫も知らぬ心を持っておった……当時の学問で、奴が手を出さなかったものなどないほどだった」[*9]。ドラキュラの姿は鏡には写らないかもしれないが、その仇敵の特徴と期せずして一致している。

　ドラキュラとヴァン・ヘルシングはいずれも異国から来た老人であり、隠秘学の深い知識を持ち、「優れた頭脳」を備えている。また、両者は共に出逢った人々に対して膨大な影響力を行使する。ヴァンパイアの専門家であるこのオランダ人は、少なくともそのライヴァルと同程度には怪しく見える。おそらくヴァン・ヘルシングが「ナイフ」に言及したのは、隠された警告である。トランシルヴァニア人の伯爵と同様、彼は必要とあらば血を流すことを厭わない。

第三の男

　と思いきや、『ドラキュラ』における最も不気味なヴァンパイアはまた別の人物かも知れない。正体を巧みに隠し、いつもいつもあまりに人当たりが良いために誰からも疑われることのない存在である。この問題の人物はトランシルヴァニアでもオランダでもなく、テキサスからやって来た。独特の形で、クインシー・モリスはその他の登場人物とは異なっている。この一見愛想の良いアメリカ人は、欺されやすいホストたちを残酷に揶揄っているのかもしれない。

『ドラキュラ』はモリスを、ルーシー・ウェステンラに結婚を申し込む求婚者の一人として登場させる。作中での彼の主要な目的は、彼一流の多彩な流儀と冒険譚で話を盛り上げることにある、ように見える。イギリス人の登場人物は皆、モリスを「良い奴」と考え、共に過すことを楽しむ。[*10]だが、彼らはこのテキサス人が単なる百姓の倅と思い込むことによって「誤解して過小評価《ミスアンダーエスティメイティング》」しているのか？　モリスが大英帝国にやって来た真の理由とは何なのか？

フランコ・モレッティは、モリスをヴァンパイアであると考える妥当な理由を指摘している。[*11]その魔法の言葉が初めて出現するのは、この冒険好きなアメリカ人が、別の旅において「一匹の大きな蝙蝠」が彼の馬の血を全て吸い尽くしてしまったという話をした時なのだ。[*12]のみならず、モリスが求婚していたのは、最終的にドラキュラの獲物となる、まさにその少女である。この小説の要所要所において、モリスは怪しげな振舞いに及ぶ。ドラキュラがミーナ・ハーカーを襲撃している現場をヴァンパイア・ハンターたちのチームが捕えた時、モリスは「大きな櫟の木の影」に身を隠す。後に彼は、あれは伯爵を追跡するためだったと言い訳にもならぬ言い訳をする。[*13]果たしてこの異国人は、その他の異国人よりも信用できるのか？　本物のヴァンパイアと同様、モリスは未知の土地からやって来て、機密情報を持ち、不誠実な行動をとる。また、やはりヴァンパイアと同様、彼はチームを変る。早い段階で、伯爵を射殺する機会で意図的にしくじることで、このテキサス人は彼の側に立つ。だがドラキュラの敗北が確定的になるや、彼は最も苛烈なハンターとして前面に立つ。

最も重要なことに、モリスはまさにヴァンパイア・ハンターたちがドラキュラを殺したちょうどその時、伯爵の仲間のジプシーの手によって死ぬのである。プロットという点では、彼の死には何ら必然性はない。だが、この小説が主張しようとしている価値観の文脈においては完璧に意味を持つ。モレッティが述べたように、トランシルヴァニア人もアメリカ人も、安定した英国流の生活様式に敵対する勢力を表している。無鉄砲なアメリカの資本主義は、東欧の封建主義への回帰と同様に、大英帝国の社会的安定に対する脅威となる。モリスが生きることを許されないのは、あまりにも冒険的過ぎるからである。実際、伯爵はこのテキサス人から何か学ぶことがあったのかもしれない。なぜなら英国諸島に店舗を建てて帝国臣民を個人的な血液銀行として利用するという彼の計画は、彼の故郷の安定した封建主義よりも、むしろアグレッシヴなアメリカ流ビジネスの遣り口に近いからである。「味方」と「敵」の立場は——他の全ての役割と同様——ヴァンピリズムが空気を満たす時、容易に逆転する。

『ドラキュラ』の最後のシークエンスはトランシルヴァニアでの出来事であるにも関わらず、西部劇の銃撃戦のように見える。馬に跨がったジプシーは「壮麗な姿」で雄々しく戦う。あたかも西部のインディアンのように。[*14] 彼らの敵はカウボーイではないが、全く同じ「ウィンチェスター・ライフル」を揮っている。[*15] ぎざぎざの山頂がこの土壇場を囲んでいる。クインシー・モリスは彼の第二の故郷にいる。ロンドンは彼にとっても、その血族にとっても――少なくとも現時点においては――正しい場所ではなかった。だがここでなら、どちらのヴァンパイアも幸福に死ぬことができる。彼らの種の未来は保証されている。なぜならもう間もなく――二〇世紀において、合衆国が軍事的・政治的・経済的にこの惑星を支配する地位に登り詰めると共に――彼らもまた再び擡頭するからである。

未知の部分と勢力

東と西は、それが同じこと――「ここではない」――を意味する二つの異なる形である限りにおいて、交換可能である。[*16] 内部空間――居心地の良い、家庭のような環境――がなければ、ヴァンパイアには侵入すべきところはないし、実際、存在すらできない。この内部の位置と形は話によって異なっているが、あらゆるヴァンパイア作品はこの基本構造を持っている。不死者がエキセントリックな位置をとる限り、それがどこから来るかはあまり重要ではない。また、不死者が人間より上位であるか下位であるかも格段重要ではない。重要なのは、彼らが規範から外れ、主要な規則からのさらなる逸脱への見通しを開くことである。

オーギュスト・ヴィリエ・ド・リラダンの『未来のイヴ L' Ève future』（一八八六）は、ニュージャージー産のロボットを「ヴァンパイア」と呼んでいる。[*17] その呼称は全く論理的である。なぜならこの小説は「メンロパークの魔術師」トーマス・エディスンによって体現された新奇と発明に対するアメリカの熱狂を諷刺しているのだから。架空のエディスンの創造物は、全く一から新たな文明を開始するアメリカン・ドリームに対するヨーロッパの懸念を体現している。確かに旧世界にはそれ自体の問題がある。だがその遺産を全て投げ捨て、アップデートされた形の人間性を設計するなどということはまさしく怪物的である。もしもそのような「人間」が支配するようになれば、一体何が起るだろう？

ギイ・ド・モーパッサンの『オルラ Le Horla』（一八八七）もまた同様の懸念を隠匿しているが、その方法は異なっている。その脅威は北アメリカのテクノロジーから来るのではなく、南アメリカ大陸の果てし無き荒野から来る。そこには数すら計り知れぬ、奇妙な人間、動物、植物が存在する。モーパッサンの物語では、とあるフランス人が、不可視の何かがブラジルからヨーロッパに辿り着いたのではないかという疑念に取り憑かれる。その怪物の名の解読は容易である――hors（外）および la（そこ）。熱に浮かされたような主人公の想像力は、最終的には狂気に辿り着く。だがこの作品の基盤を為す観念――地球規模の通商の発達は単に顧客を楽しませる新製品を発見するというだけではすまない――には、何一つ狂ったところはない。意図したものであろうとなかろうと、モーパッサンのヴァンパイア物語は、全世界との交易を開始したヨーロッパ人に関する疑問を提起する――彼らが発見したものは、彼らに取り憑くかもしれない。

同時代のイギリスの作品もまた、無分別な外国との接触に関する類似の恐怖を提示している。一八九四年に上梓されたアーサー・コナン・ドイルの『寄生体 The Parasite』は、若き大学教授オースティン・ギルロイの物語を語る。彼は経験論と科学の徒であるが、心霊主義に傾倒していた彼の妻は、西インド諸島出身の霊媒であるミス・ペンクローサなる女の支配下に陥る。その女が果たして、その主張通り本当に心霊力と動物磁気《メスメリズム》の力を持っているのかどうかを確かめるため、ギルロイは実験への参加を承諾する。これが彼の破滅のはじまりとなる。ヴィクトリア朝の学識と男らしさを体現する謹厳な懐疑家が、「当然のこととして」下位の位置を占めるべき――女として、外国人として――者の手に身を委ねた時、彼は自分自身の地位を侵蝕させている。ギルロイの名声と結婚生活は破壊される。なぜなら彼は自らを異国の影響力に明け渡したからである。

ストーカーの「典型的な南部人《グッドール・ボーイ》」、ヴィリエの中部大西洋岸製のアンドロイド、モーパッサンのブラジル産の霊体、ドイルの西インド諸島の女はそれぞれ内的には異なっているが、外側の観察者にとってはいずれも同じものの異なる側面に過ぎない。モリスは合衆国の国境を越えて伸張しようとする強健で熱烈な精神に満ち満ちている。ハダリ（かの機械人間はこう呼ばれる）は人間の「進歩した」ヴァージョンを表しており、アメリカのオートメーションと大量生産に対する嗜好からして、いずれ有機的な人間と置き換わる立場にある。オルラもまた同じ危険を提示するが、この場合はより生物学的である（そしてその背後に発明家＝魔術師は存在しない）。最後に、ミス・ペンクローサは、大学教授が持っている知識の総体とは異質の、奇妙で新たな「科学」を持っている。もしも彼女の妖術が優越を獲得するためのものであるのなら、敗北するのはツイードの男たちだけではないだろう――彼らに象徴されるあらゆるものは誤りであると証明され、それ故に、当然のように駆逐されるだろう。

新たな始まり

以上はあくまでもヨーロッパからの視点である。アメリカの観点から見れば、物事は全く違って見える。この土地には移民が住んでいる。彼らはヨーロッパ文明の監禁から逃れることを欲し、進取の気性に富んでいる。合衆国は――その愛国的な讃歌が述べているように――「大西洋から《フロム・シー・トゥ・》太平洋《シャイニング・シー》へ広がり行く」。少なくとも原則的には、この豊かで資源の豊富な国には万人のための土地があり、そして世界中の人々を歓迎する。ひとたび辿り着けば、彼らの多くは故郷や祖先の流儀との繋がりを断つ。実際、彼らはしばしばそれを故意に遺棄する。名前と習慣は変化し、「独立独行の人」であることが自尊心の源泉となる。

このような環境は不死者にとって理想的である。合衆国はあまりにも多くの民族、信条、混血形成を隠匿しているので、不道徳な集団も場所から場所へ、一つの宿主から次の宿主へと移動し、それと悟られぬまま新たな獲物を同じ策略に掛けることができる。ボストン、ニューヨーク、シカゴ、ニューオリンズ、サンフランシスコ、そしてシアトル――少数の隠れ家を挙げるだけでも

――は、それぞれ全くの別世界であり、その間の空間もまた、隠遁のための豊富な場所を提供する。だがとは言っても、正体を隠すための最善の方法は時に、包み隠さず人目につく場所にいることであったりもする。誰もが、少なくとも何世代か遡れば、どこか別の場所から来たのだとしたら、誰が誰であり、何が何であるかなど、誰に知ることができようか？

従って、合衆国におけるヴァンパイア王国の首都はハリウッドである。そこではイメージが生を創り、破壊する。秘密は入念に管理される情報の問題である。『愚者ありき』のヴァンプ「ヒロイン」であるシーダ・バラの経歴は、エージェントが彼女の銀幕上と銀幕外のペルソナの間に創り出したメディアの霞の中にあった。彼自身は気に入ってはいなかったが、ベラ・ルゴシ――ヨーロッパにおいてはシリアスな舞台俳優であった――は、米国における最も有名な役柄との繋がりを終生振り払うことはできなかった。彼の後半生における名前は事実上「ドラキュラ」であり、実際に死去した際には伯爵の衣装とメイクアップで墓に入った。[*18]

ハリウッドのヴァンパイアは、銀幕の怪物としては、旧世界の先祖たちとは全く異なる存在である。彼らは存在であり、不在――すなわち不気味な生気あるイメージ――ではない。彼らはスターとしての力を持ち、カリスマを放射する。確かに、先例はある――例えばポリドリの魅惑的なルスヴン。だがゲームは既に変った。合衆国においては、映画に登場しないヴァンパイアですらパフォーマーである。アン・ライスの自己顕示欲の強い不死者は、気まぐれに虚勢を張り、あることと無いことを騙る。彼らは全員が自己宣伝家である。彼らのパンテオンのリーダーであるレスタトは、実際にフランスから合衆国に来て、ロックスターなるのだ！

アメリカの華美と物質主義の完璧なる体現者はおそらく、トニー・スコットの映画『ハンガー The Hunger』（一九八三）のレイディ・ミリアムである。この怪物は、スリルを求めてナイトクラブを徘徊する。彼女はその富を誇示し、男と女の両方を餌食にし、自身の気まぐれの赴くまま、その獲物に不死を与える──アンディ・ウォーホルが同国人の男女の運命を宣言した「一五分の名声」の倒錯版である。フランスの女優カトリーヌ・ドヌーヴが、おそらくエジプトに出自を持つ（ちなみに、バラもそうであった）ヴァンパイアを演ずるという事実は、この国における物事の仕組みを強調している。合衆国においては、イニシアティヴを持つ人間──そしてヴァンパイア──には「何でもできる」。ここでは誰もが、入念に準備された詐欺の株を買う。

当然ながら、アメリカ人のヴァンパイア理解は両義性から自由ではない。合衆国文化には、また甚だしい道徳志向もある。一方でアメリカ人はヴァンパイアが自称エリートであるがゆえに彼らを愛する。他方、この民主社会は自らを他の誰よりも優れていると見做し、生まれながらの権利として世界を支配しているかのように振舞う者に疑いの目を向ける。アメリカのヴァンパイアの貴族制の裏面は、外面の見栄えは良いがその実、内面では無情な悪である冷血漢に支配されるという悪夢のヴィジョンである。

『ロストボーイ』（ジョエル・シュマッカー監督、一九八七）は、『ハンガー』に対する解毒剤を提供する。この映画でもヴァンパイアが求めているのは自らの利得のみであるが、彼らはゴロツキの集団である。マイケルとサムの兄弟は、カリフォルニア州の海辺の街サンタ・カーラに越してきたばかり。間もなく、兄は胡散臭い連中とつきあい始める。思春期という地獄のあからさまな寓意でありながら、この映画はさらに広い視点を持っている。不良集団のメンバーは、ヴァンパイアだから悪なのではない——悪だからヴァンパイアなのだ。彼らの関心は地元の遊園地をバイクで暴走し、所構わず喧嘩を仕掛け、脅迫行為によってその力を発散させることにしかない。

このような権威の提示は強い訴求力を持つ。結局のところ、自由とはアメリカの理想であり、まさにそれこそこの不良集団が享受しているものなのだ。だが同時に、あまりにも野放図な自由は放埒に転じ、人間関係を破壊する。兄の所業を見破ったサムは、同じくアメリカ人が価値を置く遠慮会釈のない言葉で兄を叱責する。「兄さんはクソ吸いのヴァンパイアだ！」。このけばけばしい怪物たちは、見かけは派手かもしれないが、酷い思い違いをしている。

一部のアメリカのヴァンパイアは、他者から批判を受けずともそれに気付いていた。一九六六年から一九七一年まで放映されていたTVシリーズ（そして後にティム・バートンによる長編映画としてリメイクされている）『ダーク・シャドウ Dark Shadows』は、不死者をソープ・オペラに仕立て上げた。毎年毎年、寡黙なバーナバス・コリンズは自らの正体に纏わる呪いと戦っている。やがて彼は悪役から一種のヒーローに変容し、自らの罪を贖おうとする。ジョージ・A・ロメロの『マーティン　呪われた吸血少年 Martin』では、密接な関係を恐れるがゆえに女を殺し、その血を飲む若いヴァンパイアが登場する——彼は悲しく葛藤ある生を送った後、信心深い親族によって心臓に杭を打ち込まれる。基本的に、彼は死ぬことを喜んでいる。『バフィー〜恋する十字架〜』のエンジェルは、その血への飢えを抛棄することによって自らを贖う。『トワイライト』のカーライル・カレンは、改革されたヴァンピリズムの模範である――「二世紀に及ぶ苦しい努力」の末に、遂に彼は「完璧なセルフコントロール」が可能となり、今や彼の賢明な助言により、その不死者の家族は品行方正に暮らしている。[*19]

つまり、利己的な欲望をほしいままにする傾向にも関わらず、アメリカのヴァンパイアはしばしば向上への潜在力を示す。合衆国は基本的には楽天的な場所であり、自らの運命を改善しようとする努力を是認する。ヴァンパイアに出世の機会を与えるのはおそらく賢明ではないが、彼らが他の全ての者と同様に幸福を追求する機会を否定することは、この国の国是に反する。彼らが皆、我も我もとこの地へ移民してくるのも宜なるかな！

準備のできた獲物

フリッツ・ライバーの短編『飢えた目の女 The Girl with the Hungry Eyes』(一九四九)は、いかにアメリカ人が、この「機会の地」で出世したいという欲望によって不死者を育んで来たかを示している。語り手は写真「稼業」で生活費を稼ごうと汲々としている男。[*20] 広告業に携わる者の端くれとして、彼は常に人々にクライアントの製品を買わせるような、魅力的なイメージを探し求めている。
ある日、全く出し抜けに一人の若い女が彼のスタジオに現れる。当初、「栄養の足りていない外見」に特段の感興も抱かなかった写真家だが、請われるままに数枚の写真を撮る。驚いたことに、顧客はその写真に夢中になる。「これこそ求めていた女だ」と誰もが言い、さらなる写真を求める。[*21] この単純な宣言は、〈女〉――彼女の名は告げられることはない――がそもそもの初めから写真家に告げていたことと同様に実際的である。[*22] 「そのお客、ほんとは私に首ったけなんでしょ」と彼女は大胆に言う。[*23] 彼女は欠片も皮肉の調子を見せることなく、「そこいらの映画雑誌で仕入れたような気取った台詞」を口にするのだ、まるで自明のことのように。[*24]
短期間の内に、〈女〉のイメージはあらゆるところに現れ始め、ビールから婦人服まで、あらゆるものを売るようになる。「今思い返してみると、彼女の魅力に街中が虜になるまでの早かったこと」と語り手は思い起こす、「俺はぞっとせずにはいられない。いったいこの国はどうなってしまうんだろう、とね」。その力は、彼女の「毒気のある含み笑い」と、さらに重要なことに、「世界で一番飢えた二つの目」にある。この痩せ細った〈女〉は、ただ見られるだけである。「彼女を見て涎をたらす群衆」が彼女に実体を与える以外、ほとんど肉体すら持たぬように見える。[*25] そのほっそりした体格に彼女が体現するスタイルには中毒性がある――それは消費者に欠けているあらゆるものをもたらしてくれると約束する。
「別にいやらしいというのではないが、とにかくセックスを感じさせる飢えた目付き。セックスだけじゃない、他にも何か」[26]。彼女が「性的なものを超えた何か」であるというのは、〈女〉が猥褻な事柄に煩わされることがないからである。生殖に纏わることは何であれ、彼女には無縁なのだ。人類が自らを更新するための、精液、血、それ以外のあらゆる汚い液体は、この怪物にとっては何の意味も持たない。

> 想像してみてくれ。彼女は大勢の男たちの心の奥底にどういう欲望が隠されているか、知っている。男たちの飢えを、欲望の陰に隠された憎しみや死への願望を、飢えている本人たちよりもずっとよく見抜いている。大理石みたいに冷たく、お高くとまって、男たちの頭の中では完璧なイメージを維持しながら、実は飢えている彼らに対し、彼女自身もまた飢えを感じている[27]。

「大勢の男たちの心の奥底に隠された欲望」は、ヴァンパイアと対峙したとき、裏返しになる。ライバーは語り手を通じて、読者に〈女〉が「感じる」ものを「想像してみてくれ」と命ずる。なぜなら彼女がそもそも何かを感じることなどあり得ないからである。全くあり得ることだが、彼女は一枚の紙かシリコン・チップのように生気が無い——真空管のように空気のない宇宙から、あるいは見知らぬ太陽系の辺境から来た生物のように。

ライバーの物語は、パニック発作で終る。写真家は女の前で無力化する。彼女はカメラに支配される代わりに、カメラを、そして彼女の似姿に目を釘付けにするあらゆる者を支配する。「ちょうだい、ねえ、ちょうだいよ」と彼女は言う。[*28] 男は自分が仕事をしてきた相手に恐れ戦き、ただただ大慌てで逃げ出す。写真家は〈女〉に力を発揮させ、他の者はその力をさらに強くする。彼女は、この共犯関係がある限りにおいて危険な存在である。アメリカ人は自らを誑かし、ヴァンパイアに力を明け渡す――それと気付かぬまま、彼らの生を支配するイメージに自らを明け渡し、破滅する――そのイメージには何の意味も無く、その背後にも何も無い、ただ曖昧な、「性的なものを超えた何か」に対する欲望があるだけである。その「何か」は、実体化した次の瞬間には再び消滅する。適度に冷笑的な態度を保つなら、人はこのような場所で大儲けすることができる。

魅惑と嘔吐

その見かけを信じることができるなら――既に見たように、そして今後も見るように、それはできないのだが――ヴァンパイアは非常に上手くやって来た。だがそれは全ての不死者に当て嵌まるわけではない。合衆国はヴァンパイアに対する愛を発見したのとほとんど時を同じくして、ゾンビの恐怖に目覚めた。ヴァンパイアとゾンビは同じコインの両面である。ヴァンパイアが高度に発達した個性を示すのに対して、ゾンビには全く人格というものが欠落している。ヴァンパイアが超自然界の頂点を占めるなら、ゾンビはその最底辺に留まっている。ヴァンパイアの生はしばしば人間の生よりも良く見えるが、ゾンビの状況について同じことを言う者は誰もいないだろう。

アメリカの冒険家ウィリアム・シーブルックはハイチの文化と宗教習慣を描いた『魔法の島 The Magic Island』（一九二九）でゾンビを世に知らしめた。[*29] 黒人によって統治された最初の近代国家であるハイチは、一八世紀に奴隷がヨーロッパ人の支配層を追い出した叛乱の中で主権国家となった。一九一五年、合衆国がこの国を侵略し占領した。外国企業、とりわけハイチアン＝アメリカン製糖会社（ＨＡＳＣＯ）は、島の住民を経済奴隷に貶めた。シーブルックの本は北米人に、彼らの国の企業精神が行なったことの暗黒面を見る機会を与えた。

トッド・ブラウニングの『魔人ドラキュラ Dracula』がかの伯爵を合衆国の土壌に移送したちょうど一年後、ヴィクター・ハルペリン監督の『恐怖城 White Zombie』（一九三二）が登場した。この映画においては、悪魔のような「マーダー」ルジャンドルが、心を失って重労働に従事する自動人形と化した人間たちを支配している。ルジャンドルを演ずる俳優は、誰あろうベラ・ルゴシ。この映画はルジャンドルをヴァンパイアと呼んでいるわけではないが、そう考えていることは明らかである。事件はカリブ海で起るが、権力に取り憑かれた悪鬼は高い断崖の上に聳える城に住み、その家具調度はヨーロッパの蜘蛛の巣に蔽われた辺境と同様にゴシック的である。実際、『恐怖城』の制作には『魔人ドラキュラ』のセットの一部が使用され、ルジャンドルの邪悪さを伝えるために、同様の邪眼のアップが用いられている。[*30]

アメリカの罪悪感を表明する『恐怖城』は、ヴァンピリズムの人的コストを示している。銀行員ニール・パーカーがフィアンセのマデリーンと共に、米本土からやって来る。二人は間もなく結婚する予定だったが、マデリーンはプランテーション主のシャルル・ボーマンに横恋慕され、ボーマンはルジャンドルに依頼して彼女を自らの手中に入れる。ルジャンドルの策謀により、花嫁はほとんど表題の「ホワイト・ゾンビ」と化す。友好的な宣教師に与えられた情報のお陰で、パーカーは最終的に何が起っているのかを理解し、マデリーンの意志を奪った男たちの手から彼女を解放する。

ストーカーの『ドラキュラ』と同様、『恐怖城』もまた、一人以上のヴァンパイアの関与を示唆する。ルジャンドルが専ら注目を集め——そして、実際、ここで起ったことのほとんどの黒幕だが——ボーマンもまたこの悪鬼に協力を依頼している。ボーマンはクインシー・モリスに似ている。彼は海外で一山当てることを狙い、自らの利益を確保するためにあらゆる手段を講ずる。その魅力的な外見の背後には、何の躊躇いもなく他者を食い物にする人格が潜んでいる。一方パーカーは、名前の似ているハーカーと同じ特徴と弱点を備えている。彼は仕事という名目で、愛する者を伴い、わざわざ自分から危険が待ちかまえている場所を訪れる。彼に全く落ち度がなかったというわけではない。

文学作品『ドラキュラ』と同様、『恐怖城』もまた、恐怖の真の根源はどこにあるのかという点になると、言葉を濁してしまう。理論的にいえば、ルジャンドルとボーマンこそ、事件の責任者であるはずだが、そもそも彼らの住処は悪の諸力が跳梁していた場所である。黒魔術がホワイト・ゾンビを創る。救うべき魂がいなければ、そもそも宣教師はそこにいなかったはずである。従って、『恐怖城』が売りにしている真の恐怖は、彼らの仲間になってしまう可能性である。真犯人が明らかになる前に、パーカーは恐慌に囚われて問う、「本当にあなたは……彼女が原住民に捕えられたとは思わないのですか？　ああ、もしそうなら、死んだ方がましだ！」。妻をヴァンパイアに奪われるのは悲惨だが、ゾンビに奪われるのはさらに悲惨である。ゾンビは貧しく、汚く、そして――少なくともこの映画では――黒人である。この怪物は、遠くから見ている限りでは憐れみを引き起こすかもしれないが、近くで見れば嘔吐を引き起こす。

もしこの言い方が不愉快に聞えるとしたら、確かにそうである。だが『恐怖城』が銀幕に登場して以後の八〇年に及ぶゾンビ映画の歴史で、吐き気は常にあった。特にアメリカにおいては、ヴァンパイアはほとんど常に裕福で才能があり、明確な個性を持っている。彼らの為すことを批難することはできるが、少なくともある面において、彼らを賞賛しないことは困難である。それとは対照的に、ゾンビは下等で、不潔で、個々の区別をつけることすら不可能である。ヴァンパイアになれば、社会的身分が上がるかも知れない。ゾンビになるということは、人生が水泡に帰すことを意味している。

殺しのライセンス

ゾンビの物語は悪化する一方であった。今日知られている彼らは、基本的に人間の屑である。一九三〇年代と四〇年代のカリブ海のゾンビ映画は、この怪物を人種差別的な恩着せがましさで見ていたが、本当に憐れんでもいた。[*31] 今や、ゾンビの中には黒人も白人も、その他あらゆる民族もいる。だがこの平等主義は、全くポジティヴなものではない。ゾンビは、進化の醜い側面を表している。かつて何かであった人間――その地位がささやかなものであったとしても――が、無名の群の一部に変容する。自分が何を欲しているのかすら理解しないまま、ただ殺す。

ロメロの『ナイト・オブ・ザ・リビングデッド Night of the Living Dead』(一九六八)および『ゾンビ Dawn of the Dead』(一九七八)以来、一つの強迫観念がゾンビ映画を支配してきた。一作目の映画は、ペンシルヴェニアの田舎でのっそり歩く大量の屍体を描いている。彼らは、目的も無く彷徨っている時以外は、ただひたすら獲物を襲って引き裂く。まだ不死者になっていない一握りの人々は一軒の家に身を潜め、辛うじてその侵入を防ぐ。続編はその危機をショッピングモールに移している――ここでは、包囲された一団は、人間性を残している者の肉に飢えた、変わり果てた存在の波状攻撃と直面する。

ロメロの映画は正当にも、それが提示する社会・政治批評のゆえに賞賛された。[*32]『ナイト・オブ・ザ・リビングデッド』にはリンチ場面のニュース映像やヴェトナム戦争のフィルムが採り入れられ、現代アメリカに充満し国外での戦争を活性化させている暴力が明らかにされている。のみならず、生存者の一団の指導者は黒人である。ゾンビ（この映画では全員白人）は、多くの合衆国市民の悪いところを体現している——自ら考えることをせず、結託して侵犯し、憎悪する。『ゾンビ』は、無反省の消費主義がこの国から魂を奪い、破壊する力となっていることを示すことで、批評の範囲を広げる。口をぽかんと開けて彷徨き回り、店の間で貪り食うゾンビは、そもそもゾンビになる前の人間であった頃とほとんど区別がつかない——いずれにせよ、彼らは遥か以前から脳死状態にあったのだ。

だが、これらの映画のメッセージがいかにリベラルなものであろうと、その基盤となる観念は極端に反動的である。かつてのゾンビの表現は少なくとも人間的な共感の片鱗を残していたが、今やそんなものは微塵もない。『ナイト・オブ・ザ・リビングデッド』と『ゾンビ』のモットーは、おそらく「敵か味方か」である。いずれの映画も、全てを諦めて敵に引き裂かれるに任せること以外、暴力に代る選択肢を提示しない。ゾンビはあまりにも本源的・包括的な脅威の顕現であり、ゆえに彼らに対しては何をしようと、どんな手段をとろうと正当化される。その世界観はもはや民族的ステレオタイプに依拠してはいないのかもしれないが、それはこれまで以上に白か黒かになっている。『恐怖城』は運命論的で黙従的な世界観を提供していた。『ナイト・オブ・ザ・リビングデッド』と『ゾンビ』は運命論的で戦闘的である。殺せ、さもなくば殺される。

「我が同胞アメリカ人」。『ゾンビ』（ジョージ・A・ロメロ監督、1978）

ロメロが一九六〇年代と七〇年代にルールを変更して以来、ゾンビ映画はますます、人間不信のための捌け口、大量殺人の空想への耽溺を提供するようになった。出来の良い映画（例えば、風刺的な『ショーン・オブ・ザ・デッド Shaun of the Dead』、二〇〇四）は批難に価する白痴的な行動を曝け出すが、結局のところ、殺戮を楽しんでいることに変りはない。駄作（あまりにも多すぎていちいち挙げていられない）ともなれば、単に独善的な大量殺人をこれでもかと見せているだけである。それはもはや劇映画というよりも、むしろビデオゲームに近い。

ゾンビは悪趣味であり、ゾンビ映画もまた然りである。もしもこれらの映画が大衆からの超越という空想を提供しているのなら、それは観客が無意識の内に、自らが既にゾンビと化しているのではないかと恐れているからである。この怪物は、想像しうるあらゆる種類の人間の反映である――若者、老人、男、女、金持ち、貧乏人。ゾンビ映画は、無価値の感覚を喚起する挫折と妥協に満ち満ちた現代生活の匿名性を過剰に補償する。映画のヒーロー、ヒロインは常に、多かれ少なかれ普通の人間である。そしてゾンビもまた。観客席の普通の人々は、自分もまた凡百の運命を脱し、少なくとも栄光の輝きの内に出て行くことができるのではないかと空想する機会を与えられる。それから彼らはそれぞれの仕事、買い物、何も考えぬルーティンへと戻って行く。

それぞれの径

マイケル・ジャクソンの『スリラー Thriller』(一九八三)に登場するブレイクダンスのゾンビ——ゾンビにしては珍しいほどのエネルギーに満ちているが——ですら、そのイメージを反映している人間の堕落したヴァージョンでしかない。ゾンビは崩壊途上の保留の状態にある——その肉は腐敗し、四肢と眼球は不安定な状態で関節や眼窩からぶら下がっている。片脚を墓に突っ込み、常に完全な崩壊を目前にしている。それと対照的に、ヴァンパイアはドローンではなく、研ぎ澄まされたマシンである。彼らは抜け目がなく、聡い。鈍くて疲労困憊したゾンビには見ることすら適わぬ機会をそつなく掴む。ゾンビが肉体労働者と無分別な消費者を表しているのなら、ヴァンパイアは権力機構の反対側にいる人々に似ている——支配力を揮う側である。

とは言うものの、ヴァンパイアの仲間になることは容易ではない。ヴァンパイアは臆病な群であり、部外者を警戒する。ライスのレスタトは長々と話はするが、情報を共有する段になると、インタヴュアーを試し、場合によっては殺す。『トワイライト』では、エドワードはベラを信頼するようになるまでに、数え切れぬほど彼女を拒絶している。そうなるまでに彼は他の「イケてる連中」と連み、その気になればいつでも彼女を襲うことができる、と脅す。『ロストボーイ』の不良たちもまた、マイケルを仲間に入れる前に彼がその資質を備えていることを確認する。登録選手枠に残るのは容易ではない。

のみならず、たとえ入試に合格したとしてもなお、血肉を分けたヴァンパイアとなるのは試練である。その詳細は本によって、映画によって異なっているが、ある朝、眼が覚めてみると魔法のように変容していたということはない。『ロストボーイ』は、その過程を苛酷な虐めの儀式として描いている。『トワイライト』では、エドワードはベラに、今の彼のようになることは――そこには遅い、徐々に衰えていく死も含まれる――「とてもとても苦しかった」と告げている。[*33]『トゥルーブラッド』では、ヴァンパイアはその「メーカー」に恩義を負っている。彼らの望みはすなわち命令であり、少なからぬ悲しみを引き起こす。ヴァンパイアとしての生は、まず何をおいても不死者として得た力の鍛錬であり、その修業に終りはない。

第三に、ヴァンパイアの不死性は実際には永遠に続くわけではない。この世界においては建前上、誰もが特別であるとされているが、実際には型に嵌まらねば生きてはいけない。ヴァンパイアがそんな世界に存在し続けるためには、絶えざる努力が必要である。あまりに目立ちすぎると、ヴァンパイアは容易に敵意の、あるいはそれ以上のものの標的となる。彼らの種の最高位の者は、自らの部外者としての役割を活用して強い立場に立っているが、誰しもそれが可能なわけではない。ほとんどのヴァンパイア物語がどのように終るか、誰でも知っている――因襲を平然と拒んできたカリスマ的な怪物が、その逸脱の代償として、非業の死を遂げる。

最後に――そしてこれまでのものの纏めとして――要するにどういうことなのか？「生」とはピクニックであると述べた不死者など只の一人もいない。ヴァンパイアの仲間入りをしたい人間は当然ながら、相手側からは胡散臭げに見られる。そしてこの集団に属していることにプライドを持っていると表明する者は誰であれ――それがどれほどエリートであったとしても――おそらく、むきになっているのだ。墓は冷たく、静謐である。あくせく走り回って四六時中血を求めるのは疲れる。

ヴァンパイアは我が道を行くしかない。だがそれでもなお、ヴァンパイア社会には人間社会と同様に数多くの制限がある。最近の作品の中でも、『トゥルーブラッド』は不死者が守らねばならぬルールと規定の気の狂わんばかりの数を陳列するという点において抜きん出ている。正体を人間に明かして以来、ヴァンパイアは気がつけば法律の泥沼、政治的闘争、衆目の頭痛に籠絡されていた。共同体は自ら治安を維持せねばならない。さもなくば、外部の者が侵入し、全てを滅ぼしてしまうだろう。ヴァンパイアに対する苛烈で弾圧的な手段は多くの国に存在し、たとえ最良のシナリオですら、彼らはせいぜい黙認されるに留まっている。これらの存在が実際に、彼らよりも劣っていると考えられている人間と同じ権利を享受できる場所はどこにもない。その主要な理由の一つは多くの「一匹狼」のヴァンパイアが常に、他の全ての者のための共同体を破壊するからである。不死者はお互い同志すら信ずることはできない。

この数十年で、愛がヴァンパイア物語における かくも大きな主題となったのはおそらく、それは不死者がその苦難の（そして時には過度に官僚化されすぎた）生において、ほとんど体験しえぬものだからである。苦労の割にさほど良いものではないのかも知れぬ恍惚の瞬間を除けば、彼らの生は荒涼たるものである。この華やかな超自然的存在は一見、よさげに見えるかも知れないが、最終的には彼らの多くはゾンビと同様、誇れるものは何も持たない。ほとんどあらゆる場所で見下され、だが幸いにも感情を持たぬゾンビと同様に。

空虚な約束

失敗の見通しはアメリカのサクセス・ドリームに常に付きまとい、物事が上手く行っているように見える時ですら、私的コストは甚大なものとなり得る。合衆国はヴァンパイアを歓迎し、彼らの種族を本や映画、ＴＶの中に繁殖させた。それは彼らが魅惑的であるからのみならず、また彼らが、人が自分の生き方に対して抱く疑念を体現する存在であるからである。ヴァンパイアが直面する制限はその他の者とさほど違っているわけではない。ただ、より強烈というだけである。物質主義と野心は不死者に良い結果をもたらしたが、彼らは空虚な存在である。このこともまた、人間社会にも見られることだ。ある者は、レスタトのように、それを一笑に付す。またカーライルのように、慈悲深い仕事をすることで内面のブラックホールを埋めようとする者もいる。

ほとんどのアメリカのヴァンパイアは、自分が何をしているのか、本当には知らない。彼らは『ロストボーイ』のように、群を維持するためにあちこち彷徨い歩くだけである。彼らは見知らぬ者に強い印象を与えるが、他者に自分たちの秘密を開示することは稀である。この怪物たちのほとんどが実際にはいかに浅薄であるかが解れば、人は彼らに対するあらゆる興味を失うかもしれない。恐怖と賞賛を呼び起こすことができなければ、ヴァンパイアは明るいカリフォルニアの太陽の下で無に帰すしかない。

第４章
吸血の音

ヴァンパイアはあらゆるメディアにおいて——詩からTVまで——繁栄を享受してきたが、ひとり音楽だけは彼らを拒んできたようである。『カーミラ——あるヴァンパイアの物語 Carmilla: A Vampire's Tale』（一九七〇）、『憑依——ドラキュラ・ミュージカル Possessed: The Dracula Musical』（一九八七）、『ヴァンパイアのダンス Dance of the Vampires』（二〇〇三）などが大成功を収めたと考える者は誰もいない。優秀な才能——サー・エルトン・ジョン——とのコラボレーションにも関わらず、『レスタト Lestat』（二〇〇六）は散々な失敗に終った。この演目は一ヶ月ほど続いたが、山のような不評を受けて打ち切りとなった。脚本、演出、歌に対する判断はさておくも、この見世物の基盤にあるアイデアに根源的な問題があることは見て取れる。ヴァンパイアとして、レスタトは未知なるアウラを纏うことを必要とする。聴衆が歌を通じて彼の不死なる情熱を共有すれば、彼の神秘は減衰する。このディレンマは一般的に不死者を出す演目全てに付き纏うものである。

ヴァンパイアは一八〇〇年代から今日に至るまで、音楽とミュージカルにもその足跡を残しているが、それは常にリスクを抱えた事業でもあった。本章で探求するのは、この怪物たちが、その姿があからさまになった際に単なるセルフ・パロディに堕してしまうのと同様、その声があからさまになった時にも破滅を運命付けられているという事実である。ヴァンパイアの特徴である仮面と擬態は、彼らが獲物を弄び、真の意図を韜晦することが可能な時にのみ、その真価を発揮する。

後に見るように、時にはあまり真剣に考えすぎない方が良い場合もある。音楽産業と大衆文化で上手くやるために、不死者は「誇張した演技」によって利益を得る。けばけばしい仮面と邪悪なペルソナは大衆を騙し、偽りの安心感に浸らせる。虜となった聴衆を武装解除させることができれば、ヴァンパイアは聴衆の警戒心なき純真さを存分に捕えることができる。だが同時に、その策略は怪物自身の弱点にも作用するのだ。

舞台後方

総合的に見て、ヴァンパイアが音楽の舞台で最高の成功を収めたのは、『オペラ座の怪人 The Phantom of the Opera』である。この怪人は一九〇九年のガストン・ルルーの連載小説でデビューした。無音版の〈怪人〉は一九二五年に銀幕に登場したが、この怪物のキャリアにおける最大の一歩は、アンドルー・ロイド・ウェバーによる一九八六年の豪華絢爛な舞台化であり、これは現在までのところ、ブロードウェイにおける最長のロングランを記録している。ヴァンパイアと同様、〈怪人〉もまたアウトサイダーである。ヴァンパイアと同様、〈怪人〉もまた神出鬼没。ドラキュラ――およびその他無数の不死者――と同様、〈怪人〉は単なる人間を遙かに超越する力を備え、柩に眠り、若い女に魅了され、そして彼女を魅了する。[*1] この類似は顕著である。

だが、〈怪物〉はヴァンパイアには欠如しているあるものを持っている――それは希望である。実際の彼の姿を見たことがなく、ただ彼が愛する者の声に及ぼす不思議な効果しか知らぬ者は、彼を「音楽の天使」と呼ぶ。[*2]『オペラ座の怪人』は、お伽噺の「美女と野獣」のような要素を持ち、救済の物語を語る。〈オペラ座の怪人〉は最終的に、自らが怪物というよりも人間であることを証明し、それによって観衆の共感を獲得する。

実際、〈怪人〉は自然の法則を超越した存在ではなく、単に格別の才能を備えた一人の技師に過ぎない。ルルーは彼に特段何ということもない平々凡々なる名前――「エリック」――を与え、世紀末のごく普通のフランス人の観念と感覚を持たせる。『ドン・ファンの勝利』と題する作品の作曲に精を出す哀れな〈怪人〉は、人の愛を体験したことがない。[*3] 実母は彼の不気味な外見を疎い、子供の頃に接吻の一つもしたことがない。今や大人になったエリックの望みはただ一つ、忠順で愛情深い配偶者との幸福な家庭生活である。地下の邸宅の中心に、彼は「ルイ・フィリップの部屋」――上品で高級だがブルジョワ趣味丸出しの調度を備えた小部屋――を設えている。[*4] ここで彼は結婚したいと願う女を囲おうとする。エリックの希望はただ一つ、他の人々と同じになることだけである。
「この悲惨な「ドン・ファン」は童貞であり、フロイトすらも赤面せしむるようなオイディプス・コンプレックスを抱えている。実際、〈怪人〉は自分のライフワークが、神の目から見れば、自分を正当化し、天国への道を保証してくれると信じている。エリックは恐ろしい脅迫――オペラ座全体を爆破し、可能な限り多くの観衆を殺す計画も含む――を弄し、少数の人々を殺害まですが、実際には心が優しく、情に脆い。物語の終盤、〈怪人〉は自らが手を下してきた悪事を悟り、復讐の計画を放棄し、傷心の内に、ただ一人惨めに死ぬ。

悲惨な〈怪人〉の状況――それは妄執に囚われてはいるが、それ以外の点では極々平凡であるという彼の性格と相俟って、さらに悲惨なものとなる――の深淵を示すため、ルルーはこの小説の事件の背景として、シャルル・グノー（一八一八―一八九三）の『ファウスト Faust』を選定する。このオペラで語られるのは、とりわけこの伝説を劇的に取り扱った一八〇八年のヨハン・ヴォルフガング・フォン・ゲーテの作品に沿った物語である。ファウストは分裂した意識の体現者として、近代文学と芸術の舞台に上がった。「嗚呼、己の胸には二つの霊が住んでいる」というゲーテの主人公の叫びはつとに知られている。[*5] 分裂した精神の状態は、また〈怪人〉の生をも象徴している。エリックは暗黒の中に住まうが、彼の中には有り余るほどの人間性がある。彼が感じ、言い、行なうことの全ては、いかに極端な形をとろうとも、正常の範囲を逸脱してはいない。音楽は〈怪人〉に救いを与える神の恩寵である――彼の径は光に向かっている。

それとは対照的に、ヴァンパイアと音楽との関係は否定的であり、音楽が表現する幸福への予兆を終了させようと脅かす。一九世紀のメロドラマ――この単語には、ギリシア語の「音楽」が含まれている――は、歌と踊りを舞台上の演技に組み入れた。このような娯楽は、精妙な人物描写やプロットには向いていない。楽曲は、明け透けな感情と実直な生き方への既製の道を提供する――たとえば、以下の曲はジェイムズ・ロビンソン・プランシェの『島の花嫁』（一八二〇）からのものである。

初めてお目に掛ったとき、愛しい人よ、
初めてお目に掛ったときを
私は忘れることはできません、愛しい人よ。
忘れることはできません。
あなたの目はどれほど愛らしく私に注がれていたことか、
あなたの頬の上で
燃える灯のようでした。

心に愛の火を着けて、
心に愛の火を着けて、愛しい人よ、
心に愛の火を着けて――
燃える灯のようでした。
心に愛の火を着けて。[*6]

素朴な村の若者ロバートが真情を吐露する。この歌の円環的な反復構造は、歌い手の実直さと、深い感情を強調する――まさに、ヴァンパイアであるルスヴンが嫌悪するところのものである。この怪物の存在は、健全で親しみやすい雰囲気と開放性を汚染する。

プランシェのルスヴンは他者を黙らせる能力を持っている。ジョン・ポリドリの原作と同様、このヴァンパイアは自分が威圧する人々に、彼が誰――あるいは、何――であるのかを決して口外せぬよう「誓約」させる。[*7]沈黙は悪事にとって、暗黒と同様の遮蔽、気付かれることなく立ち去る道を提供する。迂闊な言葉やこれ見よがしな音は、隠密に暗躍する悪党の正体を図らずも露見せしむる可能性がある。過ぎたるは猶及ばざるが如しとはヴァンパイアにとっても金言である。ことに当たって控えめであれば、噂と恐怖が蠢動する。人は自らの直面しているものの正体を知らぬ時、いとも容易に恐慌を来たし、罠に陥る。対して歌は、真実を暴露し、危険を回避させる。ルスヴンは何一つ共有するものがないがゆえに歌うこともない。彼は人々をばらばらに引き裂くことを欲する。繋ぐことではない。ヴァンパイアの沈黙は、音楽とそれが表す共同体としての生と対照を為す。ルスヴンが口を開くとき、それは他者の世界を牧歌的に、静謐なものにしている率直な言葉の遣り取りと、優しいメロディを破壊する。このヴァンパイアの言語行為は、彼の物理的有り様に似ている——彼は沈黙し、その後突然、攻撃的かつ執拗となる。語られぬもの——そして語り得ぬもの——が彼の一語一語の背後に潜んでいる。

長期にわたる成功を勝ち得たヴァンパイア・オペラは史上にただ一つしかない——ハインリヒ・アウグスト・マルシュナーの『吸血鬼 Der Vampyr』（一八二八）である。[*8] だがここでは、音楽が怪物の呪詛を掻き消してしまう。ルートフェン（ルスヴン）が吐き出すあらゆる言葉に、彼の運命を断ずる、より大きく強い声が付き纏う。冒頭、ヴァンパイアの王がルートフェンに命ずる、一日と一晩の内に三人の処女の花嫁を「生贄」にせよ、さもなくばお前は滅びるであろうと。

これなるは……我らが下僕となりし者、
願わくば
今暫く娑婆に留まらんと欲す。
その願いや叶えられん、
その誓い違えることなくば……
これなるヴァンパイアにさらなる一年が与えられん！[*9]

ルートフェン自身の「誓い」が、彼にその遵守を命ずる。彼は独り言ちて歎く。

われこの世に出づる時、
自然のわれに命じたるや、
かくあれと？[*10]

ヴァンパイアは約束してしまった、致命的な約束を。今や彼は、地獄の諸力の「下僕」である。彼は「娑婆に留ま」ることはできるが、その身は彼から自由を剥奪する強制力に支配されている。ルートフェンは呻く、「悪魔が汝を嬲る、怒りが汝を駆り立てる／それを吸わねばならぬ、かの貴重なる血を！」。この苦境の唯一の報酬は、それによってさらなる恐怖が延期されることである。マルシュナーのヴァンパイアは、全ての音符を絶望の調性で歌う。

『吸血鬼』の音楽は高まり、響き渡るが、この怪物の存在の核にある空虚を埋めることはできない。このオペラは、罪に浪費した人生のパロディである。その罪の唯一の報酬とは、さらなる孤立と苦悩なのだ。オペラの終幕では、悪の誘惑者は地獄に落される。祝宴の中で悪人は直ちに忘れられる。『吸血鬼』はこの怪物に、彼自身の真の姿を示す——それは彼と同じ名を持つ先輩たちの、無慈悲にも挫折した模像である。ルートフェンは——多くの作品に描かれるルスヴンたちの一人である——コピーのコピーであり、その歌は偽りのように響く。「偽証者」であるこのヴァンパイアは、恥辱以外、誇るものは何も無い。[*11] 彼は下劣な存在――詐欺師にして嘘つき――であり、不死者となることはすなわち恥辱である。

マルシュナーのルートフェンは最初から失敗に直面する。この悪鬼は矯正不可能な悪であり、その人格の中の唯一の緊張は生を延長したいという恐慌に駆られた欲望に由来している。そもそも、そんな生を「生きる」こと自体に意味がないにもかかわらず。彼は、契約によって差し出すと誓ったものを「主人」に差し出すことによってのみ、地上を徘徊することができる。逃れることは不可能である。生命と死後の生命は、人間の絆を抛棄し、血と肉を備えた本物の人間のカリカチュアと成り果てた者にとっては、いずれも同等に悍ましい。彼らの音符の全ては、苦痛の遠吠えである。

強いられた陽気さ

だが通常は、これは悲劇ではなく、むしろ茶番である。歌うヴァンパイアなどジョーク以外の何ものでもない。有名な喜歌劇コンビであるギルバートとサリヴァンの『ラディゴー Ruddigore』（一八八七）は、歌の上手い不死者のコミカルな性質をよく描いている。[*12]

サー・ルスヴン・マーガトロイドは、祖先から酷い呪いを受け継いでいる。彼の家系は一日一悪を義務づけられているのだが、彼はそれが嫌で嫌で堪らない。この過去と訣別するため、ルスヴンはとある静かな村に赴き、そこで「ロビン・オークアップル」という偽名で暮らす。ルスヴン／ロビンは地元の美女ローズ・メイバッドと結婚し、静かな生活を送り、不吉な運命から解放されたいと願っている。不幸なことに、準男爵の地位を抛棄したため、呪いは弟のデスパードに受け継がれてしまったのだが、この弟もまたそれを喜んではいなかった。兄の策略を知った「悪の準男爵」デスパードは、自分が善良になりたい一心で、ルスヴンにこの運命を受け入れるよう迫る。[*13]

先祖代々の居城であるラディゴー城に落ち着いたルスヴンは、自分が悪鬼にはとことん向いていないことを痛感する。荒っぽいことの一つもできぬわけではないが、真の悪にはなり得なかったのだ。家系の亡霊はこの情けない末裔を脅し、伝統の墨守を厳命する。先頃物故したルスヴンの伯父サー・ロデリック・マーガトロイドが、このやる気のない悪漢に、女を――「誰でもいいから」――誘拐するように命ずる、今日中にだ、さもなくば酷いことになるぞと。[*14] ルスヴンは下男のアダム・グッドハート――「ギデオン・クロール」という偽名を与えられる――に、女を連れてくるよう命ずる。へまな下男が捕えたのはこともあろうにロデリックの元許婚で、これがさらなる厄介事を引き起こす。ロデリックは生前愛していた女に対する侮辱に激怒し、家庭内で諍いが起る。

『ラディゴー』においては、好き好んでヴァンパイアになりたがる者は誰もいない。ロデリックは浮かれ騒ぎ、「夜風が咽び泣く時」を歌って不死者の生というものを説明しようとするが、ただ自分自身に対する愚弄にしかなっていない――

夜風は煙突の笠の中で咽び泣く、蝙蝠は月夜に舞う、
墨黒々たる雲は屍衣の如く真夜中の空に棚引く――
追い剥ぎどもは鵺の声に怯え、黒犬は月に吠ゆ、
そは妖怪どもが祝日、亡霊どもが真昼時！

……
そよ風の啜り泣きは森の上を渡り、霧は沼地に低く垂れこむる、
陰鬱なる墓石より集いしはかつて女、かつて男なりし骸骨ども、
饗面にて向かう、須臾の宴。
鶏鳴は告ぐ、我らが祝日――死者が丑三つ時、夜中の真昼の終幕を！
……
かくして亡霊ども、祝杯受けたる女連れ、教会墓地の塒目指し飛ぶ、
思うに、その痩せこけし口には接吻、そして悍ましき「おやすみ」以て。
真夜中の鐘、無上の喜びに鳴り響き、
次なる我らが祝日――死者が丑三つ時、夜中の真昼の到来を告ぐる時まで！[*15]

それぞれの連は、不死者の合唱――「ハ！　ハ！」――によって区切られる。ロデリックと他の霊は一緒になって歌う、「真昼、それは亡霊が真昼！」。なぜ彼らは笑っているのか？　唯一愉快なのは、彼らが送る生の蒼ざめた見かけだけである。夜間に彷徨き回る準男爵は？　それは準男爵ともあろう者が享受すべき華美と威風のまさに対極である。

明るい未来への見通しの全てを奪われて――メロドラマのヴァンパイアのように――マーガトロイドの合唱は壊れたレコードのように、「須臾の宴」へと飛ぶ。この呪われた「祝日」を遊んでいない時には、ルスヴンの先祖たちは城の肖像画廊の額の中に囚われている。悪は名と面子を守るために弱り果てている。『ラディゴー』の主題は、空虚な名誉の誇示、無意味な習慣の保存である。ロデリックとその一族は「我らはお前よりも愉快である、おそらく、たぶん」と主張するが、彼らは時代遅れの生活様式を体現している。[*16] 貴族の身分には足りず、にも関わらず動脈硬化を起した貴族の流儀に固執するマーガトロイド家の準男爵の身分は行き詰まっている。

飼い慣らされた恐怖

二〇世紀中葉のアメリカでは、四六時中陽気なムードがヴァンパイアの間でも優位を保ち、景気も上々であった。彼らは「死者が丑三つ時、夜中の真昼」を待つ必要はなかった。ヨーロッパの身分社会の風通しの悪さは既に過ぎ去っていたからである。一九六〇年代の二つのTV番組は、視聴者を病的なまでにコミカルな怪物たちの一族に引き合わせた。彼らの生活は、現代社会を写すお化け屋敷の鏡そのものであった――『アダムスのお化け一家 The Addams Family』と『マンスターズ The Munsters』である。[*17] 何にせよ無害なものと判明する奇矯さを展示することで、これらのシリーズは多文化共生の合衆国においては全てが正しいのだと断言した。誰もがクローゼットに骸骨を、少なくとも幾つかの暗い秘密を、苛立たしい親戚を持っている。家族の絆はしばしば奇妙で、誰しも胡散臭いタイプの人々との繋がりを免れることはできない。お化けに屍喰鬼《グール》、そしてありとあらゆる奇妙なものたちが、アメリカという「坩堝」の中の豊かなシチューに味を付ける。

アダムス家は広大な邸宅に住む貴族で、ハープシコードを弾く忠実な執事ラーチを抱えている。家長のゴメズはスペイン語を話す。筋の良くない株投資に一家のカネを浪費するのに忙しい時以外は、蝙蝠のようにシャンデリアから逆さまにぶら下がり、鉄道模型を爆破して過す。フランス語話者である彼の妻モーティシアは、セイラムの魔女裁判にまで遡る家系図を誇っている。彼女は音楽、芸術、園芸（特に食肉植物）を嗜っている。彼らの子供たち、ウェンズデイとパグズリィは上品な趣味を持つよう育てられた。ウェンズデイは人形（「マリ・アントワネット」と「スコットランドの女王メアリ」）の断頭が趣味だが、バレエもやっている。弟は父親と同様、有能な技師で、「アリストテレス」という名のタコを飼っている。

マンスター家はもっと下層階級で、カリフォルニア人だが、同様に尊敬に値する。ハーマンは

愛しき家族——グランパ・マンスターを演ずるアル・ルイス。

ドイツ出身で（そこで一九世紀にヴィクター・フランケンシュタインの手で創造された）、一家の大黒柱。妻のリリーも移民で、トランシルヴァニア出身。彼らは子供たちであるエディとマリリン、それにリリーの父であるヴァンパイアのマッドサイエンティストと暮らしている。自家用車は霊柩車の馬力を上げた改造車。マンスター家は見た目も行動も愉快だが、多様な合衆国の他の国民と比べてとりわけそうであるということではない。

アダムスとマンスターの一族の前には、一九五〇年代に先駆者がいた。「クール・グール」ザッカラルである。一種のヴァンパイア・ビートニクで、ニューヨークで自分の番組を持っていた。彼と同時代の人間には、ゴーゴン（フォート・ワース）、モーガス（ニューオリンズ）、ドクター・ルシファー（バルティモア）などといった連中がいる。ザッカラルは『ディナー・ウィズ・ドラク Dinner with Drac』（一九五八）という歌をラジオでヒットさせた。その年のその他の人気曲には、シェブ・ウーリーの『パープル・ピープル・イースター Purple People Easter』とデイヴィッド・セヴィルの『ウィッチ・ドクター Witch Doctor』などがある。[*18] アメリカはヴァンパイアやその他の怪物を、多彩なエンターテイナーとして自宅に迎え入れたのである。

デイヴィッド・J・スカルが述べたように、ボビー・「ボリス」・ピケットの『モンスター・マッシュ Monster Mash』はキューバのミサイル危機の時期のナンバーワン・ヒットであり、ハンサムなヴァンパイアは冷戦の緊張の最も高まった時期に繁栄した。[*19] スカルによれば、怪物はアメリカの大衆に、遙か彼方の危機に対処し、集合的カタルシスに到達する方法を提供した。だがもしもそうなら、その解放は不死者自身を犠牲にして生じた。彼らは、より大きな脅威から目を逸らすための、笑えるカリカチュアを提供したのである。文化的メインストリームにおいて強い存在感を獲得することと引き替えに、怪物たちはその魔力を弱める羽目に陥った。

一九五〇年代と六〇年代のアメリカにおけるヴァンパイアの呪いは、「安っぽさ」の呪いであった――小さくて愛らしい存在と成り果てた彼らの行動には本物の牙が欠けていた。かくして、『モンスター・マッシュ』は陽気な音調を強調する。ピケット自身がその名を借りた役者――ボリス・カーロフ――を模倣する声は、嘲笑的な荘厳さで歌う、ある夜、手術台の上の怪物が甦って踊り始め、お陰で研究所の作業は中断したと。突如、城の他の住人たちが、マッドサイエンティストの備品の中から爽快な電極の「一発」をキメて乱入し、馬鹿騒ぎに合流する。この歌の溌溂たるリフレインは、リスナーが抱いているかも知れぬあらゆる不安を吹き飛ばす。ありとあらゆるモンスター映画の怪物たちがパーティに現れ、カーペットをずたずたにする。『モンスター・マッシュ』はトランシルヴァニアを始めとする不吉な旧世界の舞台をアメリカに移す。そこでは「屍喰鬼だって楽しみたいのさ」。この歌には幽霊城が登場するが、それは実際には高校のダンパ会場で起っているように見える。

より最近にも、このような馬鹿騒ぎは他のヴァンパイアを躓かせている。音楽は『バフィー〜恋する十字架〜』の不死者スパイクにとっても呪いである。ヴィクトリア朝の英国で存命していた頃、スパイクはウィリアムと呼ばれ、詩人になることを夢見ていた。だが不運にも、彼には才能がなかった。仲間たちは彼を「血塗れ《ブラッディ》ウィリアム」と呼んだ。彼の詩が「とんでもなく《ブラッディ》酷い代物」だったからである。今や、郊外に住むゴロツキと成り果てた彼は依然としてコミカルである。スパイクはセックス・ピストルズを始めとするパンク・バンドを行動規範としている――むしろ彼らの方が彼の外見を真似ていると主張している――が、いつもいつも人を唸らせる演奏ができるわけではない。

スパイク――恋に夢中――演ずるはジェイムズ・マースターズ。『バフィー〜恋する十字架〜』（2001）

スパイクは仲間のヴァンパイアとも人間とも反りが合わず、当然ながら皆が彼の動機を問う。このアンチ・バイロンは、第六シーズンのとあるエピソード（「ワンス・モア・ウィズ・フィーリング」）で過去最大の気まずさを体験する。超自然の力によって、サニーデイルの住民たちが音楽に合わせて自分の秘密を暴露してしまうという事件が起る。音楽は登場人物たちの心の奥底に直接作用する——不死者と同様、通常は日の光の下に現れることのない精神の部分である。

歌の悪霊に囚われたスパイクは、かつての仇敵であり、時折恋情を募らせるバフィーにほろ苦いセレナーデを贈る。『安らかに眠れ Rest in Peace』は、反抗の讃歌ではなく、無力の容認である。この歌はスタンダードなロック・バラッドのギターのストラミングで始まる。一分かそこら経つと、ドラムがキックインし、歌はますます熱烈になる。歌全体は、気恥ずかしくなるほどに情感とマチズモの間を揺れ動く。いつものクールな外見をかなぐり捨てたスパイクは、トップ四〇のトルバドゥールのようなメロドラマ的なジェスチュアで両腕を振り回し、柩に飛び乗って胸中に秘めた想いを吐露する。その結果、おそらく彼は深く傷付くことになるのだろう。

苦悩を埋葬する代わりに、スパイクは死んだはずのヘボ詩人を甦らせる。このヴァンパイアの抱える謎と脅威は、彼の歌と共に雲散霧消する。スパイクは彼の普段のイメージとは相容れない甘くおセンチな内面を曝け出す。マルシュナーのルートフェンと同様、彼は呪われた者としての苦しみに耐えている。だがこの祖先の苦悩とは異なって、彼の苦痛は感情的なものであり、それによって彼は人間の女の為すがままにされてしまう。オペラ座の怪人——特にウェバーのブロードウェイ版——と同様、彼は恋の病の感傷を垂れ流す。

重要なことに、音楽はまた、バフィーが長期にわたる不死者との関係の所為で体験した屈辱をも表現している。同じエピソードでは、この虐殺者の嘆きの歌も聞くことができる——『ゴーイング・スルー・ザ・モーションズ』――この歌は、スパイクのリリカルな告白の陰画である。虐殺者としてのルーティンにすっかり意気消沈したバフィーは、自分が狩っている怪物と同じような存在になり果てている。ロボットのような「不死者」としての生の呪いは著しい重荷である。バフィーはスパイクを拒絶する。彼の中にもう一人の地獄に落ちた魂を見出し、彼女自身の鏡像を見ることを望まなかったからである。[*20]「いわゆる生」のあまりの変貌ぶりに身を竦《すく》め、彼女はかつての自分を思い起こさせてくれた情熱の火花から逃走する。音楽はヴァンパイアの生の空虚を暴露するのである。その者が純血であろうとなかろうと。

殺し屋の道化芝居

歌うヴァンパイアにとっての問題点は誠実さである。不死者は誠実という贅沢を買うことができない。ドラキュラは狼の遠吠えを美しい音楽と考える。おそらく、それは彼の孤独な東欧の根城で耐えねばならぬ苦悶を歌っているからであろう。[*21]狼の歌は不協和で、陰鬱で、明確な意味を持たない。それは周囲を取巻き、遥か彼方からの不安を浸透させる。ヴァンパイアの音楽もまた同様に奏でられねばならぬ――聴衆の精神に染み込み、それを暗黒で毒する。未だ完全に姿を現さぬ脅威を予兆し、暗示の力によって支配する。沈黙は常にヴァンパイアの声に付き纏わねばならぬ、たとえどれほど大音声で轟き渡ろうとも。

一九世紀の詩人シャルル・ボードレール――「血塗れウィリアム」とは懸け離れた存在――は、『我と我が身を罰する者 L' Héautontimorouménos』においてその気分を捕えている。

僕というこの人間は、自分の心の吸血鬼、
――永遠の笑いの刑を受けながら、
微笑むことは許されぬ
偉大な亡者の一人だ！*22

これらの言葉は単に個人的な状態の記録であるのみならず、存在の葛藤――および腐食――の状態を表す外部への投射である。〈我と我が身を罰する者〉は、他の人類全体から距離を置き、彼が体現する阻害によって世界を汚染する。陽気さ（「笑い」）の仮面は、気難しい態度を隠している（語り手はもはや「微笑むことは許されぬ」）。歓びの声は、実際には愚弄の嘲笑である。

このような悪意あるコメディは、真の脅威を捕えた唯一のヴァンパイア・ミュージカルである『ロッキー・ホラー・ショー The Rocky Horror Picture Show』（ジム・シャーマン監督、一九七五）のあらゆるコマから滴り落ちてくる。一見したところ、この映画はB級映画とミュージカル劇場の常套句による自由奔放な精神の馬鹿騒ぎを描いているように見える。だがその本質においては、『ロッキー・ホラー・ショー』は暗い、狭量な精神の産物である。トランシルヴァニアのトランスセクシュアル星から来たフランク＝ン＝フルター博士は異星人である。彼は文字通り異星の人で、と言うのもこのミュージカルにおいては「トランシルヴァニア」とは遥か彼方の銀河系の名前なのだ。フランクはまた、別の意味でも異世界に属している。彼は貴族の横柄さと傲慢さ、そして特に英国貴族のサディズムの権化なのである。[*23] 典型的なアメリカ人カップルであるブラド・メイジャーズとジャネット・ワイスを引き立て役として、彼の異人ぶりはこれ以上もなく際立っている。

女物の下着にマントという荒唐無稽な衣装、分厚いメイクに婆臭い真珠のネックレス、ギンギラの厚底靴という出立のフランクは、脅迫的な謎として舞台に登場する。ブラドとジャネットは不安に陥らざるを得ない。フランクはオルタナティヴな生活様式の無害な代表者などでは全くない――自ら歌のタイトルに歌っているような、「私はスイートな性倒錯」などとはとても言えない。夜が終る前に、この悪漢はカップルの両方を誘惑し、殺人と食人に手を染め、彼らの感情をすっかり崩壊させて放置するだろう。

フランクの歌は――少なくとも彼が破滅する映画の最後のシークエンスまでは――過激な露出行為である。そのヴァンパイア的な劇中曲を大声で歌う時、本当に個人的なことは何一つ明かされない。そのパフォーマンスは、無力な若いアメリカ人を、見たくも聞きたくもない事柄に直面させる――夜の怪物たちの不健全な幻想と現実である。もしも、事態の推移の中で、ブラドとジャネットの双方がこのトランシルヴァニア人の誘惑に屈するなら、それはフランクの狂態に混乱させられたあまりに、もはや自分で自分のやっていることが判らなくなってしまったからである。『ドラキュラ』におけるジョナサン・ハーカーの言葉は、まさに彼らのためにある。「私は今、すっかり驚嘆している。疑い、恐れて、自分自身の魂にも打ち明けられないような奇妙なことを考えている。神よ、私を護り給え！ それがただ私にとって大事な人々のためだけであったとしても」[*24]。

純粋主義者は『ロッキー・ホラー・ショー』の悪人は本物のヴァンパイアとは言えぬ、と苦情の一つも言うかも知れないが、そういう者は文学や映画、特に『ドラキュラ』に照らして証拠を考察すべきである。フランクは城に居住している（ちなみに、多くのハマー・スタジオ製のホラー映画で使われたものである）[*25]。彼のセクシュアリティは、ごくごく控えめに言っても、型に嵌まらぬものであり、しかも彼が何より最高の昂奮を覚えるのは無垢なる者の性生活を無茶苦茶にすることである[*26]。さらにまた、ストーカーの悪鬼と同様、フランクは「優れた頭脳を持ち、比類無き学識を備え」ている。召使いたちから「ご主人《ザ・マスター》」と呼ばれる彼は、催眠能力のある凝視を駆使する。そして最後に、ストーカーの小説の伯爵と同様、フランクには科学者である好敵手——エヴェレット・V・スコット博士（ブラドとジャネットの高校の教師）——がおり、彼はフランクの悪事を暴こうと躍起になる。

『ロッキー・ホラー・ショー』は、それが讃えるものを嘲笑する——嗤いはするが、微笑みはしない。この〈モンスター・マッシュ〉は虚無的である。悪業と倒錯の偽善的な見世物によって、この映画は音楽や若者文化と関係する危険を提示する——生涯にわたって人々に破滅をもたらす狂気と崩壊への堕落である。フランクは、彼の生き様と同様にこの惑星を去る——孤独で悲しい老いたオカマとして。仲間のトランシルヴァニア人たちは彼を裏切った。彼の創造物である「ロッキー・ホラー」もまた。ブラドとジャネットは最終的には彼の魔手を逃れるものの、その未来は定かではない。最後のシークエンスはどこを見てももの悲しい。態とらしく大仰なユーモアが、抜きがたい憂鬱をヒステリックに覆い隠している。『ロッキー・ホラー・ショー』は、人生を肯定する怪物の声援への三行半である。そのエネルギーに満ち満ちたスペクタクルは、暗黒と憂鬱をばらまいている。

不信心な空気

『ロッキー・ホラー・ショー』のカルト的地位——この映画は何十年も前の最初の封切り以来、延々と限定公開され続けている——は、そこに登場するヴァンパイアがどれほど多言を労して語り歌えども、どれほど長く銀幕上に登場すれども、決してその秘密を明かすことはないという事実に依拠している。映画の登場人物に扮し、「シャドウ・キャスト」としてパフォーマンスするファンの群は、聖体拝領の信徒に似ている。週末ごとに、疎外された若者の偶像が新たに立ち上がり、嘲笑という誘惑の福音を告げる。その陽気な絶望は、観衆を慰藉する。フランクが自らの創造物に関して述べたように、「緊張を解放する」のは良いことである。少なくとも一時的にでも。

この不気味なアウラの開発は、他のパフォーマーたちも、銀幕外で行なってきたことである。『ロッキー・ホラー・ショー』の前後の期間、ポピュラー音楽は暗黒の悪魔的ショーマンシップを呼び物とする新たなスタイルの出現を見た。メタル・ファンは一般的に、どのグループをメタルの中に含めるかを決定する段になるとかなり党派的であるが、全員一致で認めるのはこの教会が一九六九年、英国はバーミンガムの労働者階級のバンドであるブラック・サバスによって設立されたという事実である。[*27]

フランク＝ン＝フルター博士が地球に降臨する五年前、ブラック・サバス――そのバンド名はとあるホラー映画に由来する――はロックンロールを敵対的なビヒモスへと変容させた。[*28] 三全音の音程、情け容赦のないビート、不吉な歌詞で、ブラック・サバスは音楽の聖典を打ち立てた。彼らが生み出した音楽スタイルのために、それは不吉な報せをもたらす媒体となった。知的権威の欠片もなく、ヘヴィメタルは人生に対する皮肉な見方を提供し、生の不快な側面を喚起する。あたかもそれを配列し制禦しようとするかのように。時折快楽主義の発作に耽溺しつつ、メタルは基本的に宗教的な性質のテーマに集中することを選ぶ――人類の無意味さ、その堕落した状態、救済の不可能性。これこそ、キリスト教のイコノグラフィが――しばしば逆転した形で――このジャンルのサウンドと演出に明瞭に採り入れられる理由である。

だがブラック・サバスとその同類が悪に手を出したとしても、必ずしもそれを是認する必要はない。むしろ、音楽――地獄に堕ちた者の叫びを演ずる――は、人間社会を破壊するあらゆる困難を思い起させる。オカルト的なテーマに加えて、歌は社会的病弊、特に薬物濫用と戦争を歌う。ブラック・サバスというバンドは、民間伝承の黒ミサと同様、正統教会の自己満足の敬虔と独善を転倒させ、嘲笑する。同じことは、彼らの跡を追った無数のグループ、ジューダス・プリーストからモービッド・エンジェル（これだけではないが）にまで当て嵌まる。フラワー・パワーのヒッピーやメインストリームの代表者たちに対抗して、これらのグループは世界とは危険で腐敗した場所であり、正しき者は状況をさらに悪化させていると主張する。

ほとんどの「メタルヘッド」はたぶん、『ロッキー・ホラー・ショー』とその信者たちの、性倒錯的な狂態と比べられることを拒否するだろう。だが表面的な違いにもかかわらず、両者は同じ悲観的な世界観を共有している。生は呪いである。世の中に対して死者のように接することこそが最も崇高な野心である。だが恐ろしいことに、それもまた不可能なのだ。ゆえに人は、足掻き続けねばならない。フランク＝ン＝フルター――そして、より根源的には、マルシュナーのルートフェン――のように、メタルヘッドには希望はない。だが、ありあまるほどの意志がある。

その他の関連する音楽スタイルもまた、悪意に染められた禁欲的な態度を採用している。メタルほどプロレタリア的ではないが――そして通常、あれほどあからさまに敵対的ではないが――「ゴシック」サブカルチャーは『ロッキー・ホラー・ショー』以後に始まった。その発展は多分無関係だが、これもまた世界に対する反律法主義的観点を表している。リチャード・ダヴェンポート＝ハインズが述べたように、ゴシックは「原罪の存在に関する永続的なメッセージを語る。実践的キリスト教徒すらこの人間の内なる邪悪に関する教義に触れたがらないというのに」[*29]。ゴシックの美学は「苦悶を歓喜へと変える策略を示している」[*30]。

ゴスはヴァンパイアの一味のように見える。黒く芝居がかった衣装を好み、けばけばしいアイメイクを施し、銀のジュエリーで粧し込む。とっておきの髪型は絡み合う「クロウズ・ネスト」。メタルの場合と同様、細かく見ていけば異論反論の余地は大いにあるが、この現象の一般的な特徴を否定する者はほとんどいないだろう[*31]。一九七〇年代後半から八〇年代前半の代表的なバンドとしては、スージー・アンド・ザ・バンシーズ、シスターズ・オヴ・マーシー、バウハウスなどが挙げられる。奇妙な驚異と脅威の感覚が、ゴシックの外見を特徴付けている。ダヴェンポート＝ハインズによれば、その音楽は「士気を低下させるものであり、元気づけたり慰めたりするものではない」[*32]。それ以前の世代なら「悪いヴァイブ」と呼んでいたであろうものを広めることで、ゴスは自らの精神を高める。ゴスは実際にはいかに若くとも、その魂は非常に老齢であると信じさせようとする。

ゴスはまた、繊細な感覚を混乱させることを格別に喜ぶ。ザ・キュアーの『異邦人 Killing an Arab』はまさにその好個の事例である。この歌は実際にはアルベール・カミュの『異邦人 L'Étranger』の短縮版で、実存主義者のアンチヒーローが理由もなく人を殺す[*33]。無論、この事実は聴衆にとって必ずしも明確ではない。殺人者の超然たる視点から冷たく書かれた歌詞によって、このバンドは憤慨と激怒を引き起こし、それを例証と共に受け入れる。このグループのフロントマンにしてソングライターのロバート・スミスは、特に初期の頃、口紅を穢らしく塗りたくるのが好きで、お陰で彼は生肉でも食ったばかりのように見えた。[*34]「風刺作家のように」ゴスは「反動的であり、反動を好み、進歩的理想を尊重することはほとんどない」[*35]。

背信は音楽におけるルスヴンの末裔たちの特徴である。スパイクのような巧まざる道化は、このような者たちの中で上手くやることはできないだろう。ゴスの遊ぶゲームは――そして彼らほど繊細ではないが、メタルヘッドもまた（彼らは脅迫的な服装やポーズによって、実際よりも悪く見せることを好む）――このジョークに乗ってこない人々の欺されやすさに付け込んでいる。あらゆるものが冗談のネタになりうるだろうが、面白さは他者を犠牲にして生ずる。これらの人々がたとえ本物のヴァンパイアでなくとも、彼らの残酷な愉しみは、愚かにも自らの信条を率直に吐露する人々に対する虐待以外の何ものをももたらさない。

際どい境界線

アン・ライスの小説の中では、音楽はレスタトにとって、上手く作用していた。なぜなら聞えぬからだ。読者は、自分の望むがままの音を想像することができる――それによって彼らはヴァンパイアのアウラを拡張する。このような この世ならざる効果はまさしく、血と肉を備えた演奏家が舞台に上がり、あらかじめ商業アーティストが作曲していた歌を歌う際には失われてしまうものである。だがもしもスージー・スーやロバート・スミスがレスタトのために音楽を書いていたとしても、その結果は多分、ほとんど変らなかっただろう。不死者は自らの秘密を守らねばならぬ。彼らが自らを開示するのは、誰も予想もしていない時に、ただ一時的にのみである。公衆の面前に姿を現す時には、ヴァンパイアは、正体を隠すために芝居をせねばならない。

ゴスとメタルというサブカルチャーは――『ロッキー・ホラー・ショー』の壮観のように――常に、愚かな人々から一歩離れたところにいる。[*36] スポットライトは、日光のように、ヴァンパイアを滅ぼしうる。マイクロフォンもまた然り。時には、自らの信念に殉ずることを闇に誓った者は、ただ夜にのみ現れ、自己表現は他者の眼に触れさせぬようにすることが賢明である。

第５章
不死への鍵

昔からよく知られているヴァンパイアを斃す方法は、心臓に杭を突き刺すことである。なぜこの方法が標準となったのか？　厳密に論理的に考えるなら、この臓器への一撃が特に効果的である理由は無い。そもそもヴァンパイアは正確に言えば生きているわけではない。ゆえに心停止によってその生命自体が停止するわけもない。だが象徴的連関という観点から見れば、理由は単純である――ヴァンパイアを殺す時、人は実際には自分自身の一部を殺しているのだ。他の生き物を殺すためには――たとえ忌まわしき存在であっても――自らの感情を棄て、行動を正当化せねばならぬ。だが依然としてその行為は恐ろしい。ヴァンパイア・ハンターは、杭の狙いを付ける時、自分自身の胸を突き刺しているのだ。

ヴァンパイアの怪物性は、彼らが恐れさせ、また喜ばせる人間に譲渡される。不死者は長期にわたって死んだままでいることは滅多に無い。なぜなら人々はそれを望まないからである。一七〇〇年代以来、彼らはその数、形態、地理的分布を増やし続けた。この最終章では、作家や映画制作者が――彼らの作品を喧しく求め続ける大衆は言うまでもなく――いかにして、ヴァンパイアに常に確実な復活手段を与えてきたのかを考察する。実際、ヴァンパイア・フィクションの傑作の構造自体が、この怪物が永遠に死ぬことのないよう確約しているということが解るだろう。幾つかの新しい作品も俎上に登るが、また既に見た幾つかのものにも再検討を加える。どのヴァンパイアについてであれ、決定的な言葉を言うことはできない――何しろ彼らと来たら、顔を見る度に隠されていた何かが明らかになるのだ。

偽伝承《フェイクロア》

不誠実と策略はヴァンピリズムの本質的な特徴である。不死者は虚偽の権化であり、彼らに関するあらゆる物語は、何らかの形で彼らのために貢献している。不死者に関して某かを知っていると主張した最初の人々は、無法者の農民戦士であった。セルビアのハイドゥクは、ハプスブルク家の軍靴の下であまり羨ましくない地位を占めていた。さらにその前には、オスマン・トルコの圧迫の軛に耐えていた。ヴァンパイアに関する独占的な情報を持つと主張することで、ハイドゥクは――たとえ一時的にせよ――優位を勝ち取ることができた。不死者に苛まれているという宣言に続く絶滅の儀式は、圧制に対する反抗の象徴であった。オーストリアの占領軍はセルビア人が苛立ち、怒っているのを見ることを好まず、ハイドゥクは彼らの言動が傍観者をどれほど動揺させるかを知っていた。ヴァンパイアが襲撃した共同体を、単純に犠牲者と見做すのは誤りであろう。攻撃を受ければ、ハイドゥクは反撃する。彼らの言うことは実際にはどの程度信用できるのか？　ヴァンパイア伝承は歓迎されざる外国勢力に対する有効な抵抗手段を供給した。

ハイドゥクは外国人の将校のあからさまな命令に逆らってヴァンパイアを「処刑」した。彼らの伝説が彼らに力を与えた。象徴的な言葉――そしてまた、それはオーストリア人の方が折れて彼らに仕事を任せる、という点では現実的な言葉でもある――を用いて、セルビア人は外国人に征服されているという状況を、主権の誇示へと変容させたのだ。彼らだけが知る超自然の存在について語るという手段で。知識は行動のための力であり、ヴァンパイアの殲滅は一種の大衆魔術であった。ブルース・A・マクルランドによれば、「バルカン諸国およびその周辺におけるヴァンパイア伝承は多様であり、高度に混合的で……キリスト教、イスラム、ユダヤ教の要素と、キリスト教以前の時代から続く隔世遺伝的信仰が」混ざり合っているという。[*1] この主張を実証することは困難であるが、不死者を駆逐するための教会公認の方法が存在しないというのは確かなことである。それを行なうことは「人民に力を」もたらした。彼らは公式の宗教という経路の外で時代を超えて受け継がれてきた叡智に依拠したのである。単なる迷信を越えて、ヴァンパイア伝承はハイドゥクに行動する手段を与えた。

その後のヴァンパイアの歴史は、一連の長い長い流用、ハッタリ、創造的捏造を形成した。狡猾なバイロン卿――彼をモデルとしてジョン・ポリドリは邪悪なルスヴンを創造した――は、ヴァンパイア神話を創り上げげ、それを他者に帰した。その東洋趣味の叙事詩『異端者 The

Giaour』（一八一三）では、一人のムスリムが敵に不死者の呪いを掛ける――

だが、先づ最初に吸血鬼として送られ
お前の死骸は墓から割き離されねばならないのだ。
それからお前の故郷に氣味の惡るい出沒をして
妻子眷族の血を吸はなければならないのだ。[*2]

この呪いは実際にはイスラムの伝統に由来するものではなく、この詩人の創作である――彼自身の誇大妄想的な想像力の産物に、光沢と魅惑を追加するための方便である。異国風の主題を熱狂的に語ることによって、バイロンは自らの周囲に張り巡らせた神秘性を増強した。では、いかにして彼はこれほど広大かつ危険な世界についてこれほど詳細な知識を得たのだろうか？

ポリドリは不死者の主題を継承することで自分自身の名に栄光をもたらそうとしたが、不運にも、その策略は裏目に出ることとなった。『吸血鬼 Vampyre』はバイロンの名声をさらに高め、ポリドリに破滅をもたらしたのだ。シャルル・ノディエはこのヴァンパイアというカードを、より巧妙に用いた。ポリドリの物語の著者であると誤解されたバイロンとこの怪物との繋がりを最大限に利用したノディエは、ヴァンパイアが極めて古い起源を持つ存在であり、その捕食はこれまでにも人間の魂の隠された働きを例示してきた、という伝説をでっち上げた。そうすることで彼は、当時の人々の物語に対する飢えをカネに変えることができたのだ。その物語とは、古代の装いの下に、実際には同時代の人々の不安を捉えたものだったからである。特にノディエは、ヴァンパイアは常に新鮮な血と花嫁を求めて地上を彷徨うことを運命付けられているという、現在では使い古された観念を発見した。この概念――彼以前には全く確証されていなかったもの――は、不死者を地球の隅々にまで行き渡らせた無数の作品の基盤となった。

ノディエの同国人であるプロスペル・メリメ（一八〇三―一八七〇）もまた、才能溢れるヴァンパイア伝説の創造者であった。この作家は、一八二七年に『グズラ La Guzla』を上梓した際、一つのイカサマを働いた。同書は、イリュリア語（すなわちセルボ＝クロアチア語）から翻訳されたと称する、ヒアチント・マグラノヴィチなる人物が採集した民謡を収録したものであるとの触込みであった。[*3] メリメはこの『グズラ』を匿名で出版した。その序文において、彼はスラヴ人を母に持つイタリア人で、「フランスを故国として育てられた」人物を自称した。[*4] 実際、この翻訳者兼編集者は若い頃にフランスの市民権を取得したが、彼が同書のための資料を蒐集した地域は当時、フランスの統治下にあった。同書には、「かなり興味深い古代の詩の断片」が収録されていた。[*5] 韻文で書かれた部分の他、『グズラ』には散文の節――これもまた断片――があり、地元の民間伝承を語っていた。さらにこの匿名の作家は、同書のところどころに注釈や、また個人的な逸話まで入れていた。

実際には、この文学的寄せ集めは一から十まで一人の若者の創作であり、彼は後に、同書の全てを翻訳したと称する元の言語に関しては僅か「五つか六つの単語」程度しか知らないと白状した。[*6] メリメは、後に彼が嘲笑を込めて「野蛮人の拙劣な産物」と呼ぶものに対する当時の人々の熱狂ぶりを利用するために『グズラ』を書いたのである。[*7] この誤魔化しが露見した時、文士《リテラトゥール》としての彼の名声は確立された――メリメがでっち上げた代物は、アレクサンドル・プーシキン（一七九九―一八三七）のような大作家をも欺き通すほどの出来映えであったのだ。プーシキンは自ら、『グズラ』をロシア語に翻訳した！

「地方色」――この言葉は今日よりももっと強烈な意味を持っていた――に対する大衆の渇望を満足させるため、メリメはマグラノヴィチにヴァンパイアを歌わせた。[*8] その正統性を保証するため、彼は自らのフランス／イタリアのオルターエゴによる不死者の実見談を語る短い随筆も収録した。言うまでもなく、このマグラノヴィチを始め、翻訳者兼編集者もまた実在せず、メリメ自身も実際には「イリュリア」に行ったことすらなかった。彼が読者に提供したヴァンパイア伝説は一から十まで、彼がたまたま出くわした数冊の本から剽窃した、巧妙極まる職人技による捏造だったのである――ちょうど数年前にノディエがやらかしたような。[*9]

ポリドリという前例はあるものの、ヴァンパイアと組むことには非常な利点があり、そして創造的な人々はそれを知っていた。『千一亡霊譚 Les Mille et Un Fantômes』（一八四九）において、アレクサンドル・デュマ――間違いなくメリメの文学的策略を知っていた――は登場人物の一人に、彼女の祖国でお馴染みの伝説の例として「マグラノヴィチ」によるヴァンパイアの詩を暗唱させている。問題の祖国とはポーランドではあったが。

スタヴィラの沼地に、
多くの戦士が血を注いだ。
あの森の傍の屍体が見えるか？
あれは誇り高きイリュリアの息子ではない。
あれは怒りに満ち満ちた山賊
マリを欺した――憎い嘘つき！
そして剣と火で殺戮した。

……

その蒼い目は今はもう煌めかない。
皆で逃げよう、あいつに禍いあれ、
沼地の傍を歩く者に。
あいつはヴァンパイア！　野生の狼は
助かりたい一心で、恐ろしい屍体から逃げる。
忌々しい禿鷲も、また、
険しい禿山に逃げてった。[*10]

作家は、虚構の持つ力を知っている。誰がわざわざ事実を確認したりする？　誰がそもそもそんなことをしたいと思う？　欺されることには欺されることの快感がある。際立つイメージは読者を昂奮に満ち満ちた遠い国へと連れて行ってくれる。曖昧さは深遠さの印。「スタヴィラの沼地」とはどこか？　この「マリ」とは誰なのか？　「誇り高きイリュリアの息子」とは誰のことか？　そしてこの場所はどこなのか（と言うか、そもそもポーランドなのか）？　この詩は異世界を召喚する。それと同時に、誰もが我がことのように思える主題——愛と裏切り——を呼び起こす。ヴァンパイアの伝承は時代を超越しているように見える。そんなことはないのだが。

作家は良いアイデアには飛び付くだろう。たとえそれが自分のものではなくとも。そしてそれで稼ぐ。映画監督もまた同じことをする。ヴァンパイア文学と映画は、狡猾なハイドゥクが語った物語と同様、虚偽に加担し、知られざる民族や土地や文化に無知な人々を搾取する。少なからず、真実であることには意味はない。それゆえにこそ、ヴァンパイアは不死なのだ。不死者は、普通の人間と同じく、新たな獲物を欺して増殖する機会を見逃しはしない。

空耳

一九世紀と二〇世紀の偉大なヴァンパイアは全て、違反すれすれの狡猾な策略を活用してきた。シェリダン・レ・ファニュの『女吸血鬼カーミラ』は、『鏡の中に朧に In a Glass Darkly』（一八七二）と題する物語集に収録されていた。同書に収録された物語はいずれも、「ドイツの医師マルティン・ヘッセリウス」の書類の中にあったものとされている。[*11] だがこのヘッセリウスは、少なくとも直接的な形では、「語り」において重要な役割は果たさない。同書に収録された五篇の内、彼を語り手としているのは一篇のみである。レ・ファニュはさらにもう一人の人物を創造した――ヘッセリウスの文書の匿名の編集者である。そして彼に、この奇妙な話を読者と共有させる。この男は自分自身を、序文において次のように紹介する。

医学は、私は内科と外科を克明に修めたけれども、自分で開業した経験はない。でも、元来その方面の関心は深いから、いつまでも研究は続けている。折角足を踏み入れた、そういう名誉ある天職から、むざむざ身を退いてしまったのは、何も懈怠の心や気まぐれでしたわけではない。解剖刀でほんのちょっとした切り傷をした、それが因になったのである。つまらないその傷がもとで、指二本を即座に切断しなければならないような羽目になり、おまけに健康も失うという、とんだ高いものにつき、それ以来、私はどうも身体の調子が優れず、一つの土地に一年といたことは、滅多に無い。[*12]

われわれの情報源は謎である。この不運な出来事のために編集者は却ってもう一人の珍しい人物と出逢うという僥倖に浴する。この人物もまた、奇妙な出来事をいくつも体験していたことが解る。ヴァンパイアが登場する遙か以前に、レ・ファニュは誰も確証し得ぬ「事実」に満ちた謎と不安の雰囲気を創り上げている。

レ・ファニュの編集者は続ける――

その浪々の間に、私はマルティン・ヘッセリウス博士の知遇を得たのである。博士も、私自身と同じように漂泊の人、私と同じ医学者で、私と同じくその道に熱心な人であった。ただ私と違うのは、博士の放浪癖は自分から好んでしていることで、それと資産の点――と言っても、われわれがイギリスの物差しで、資産と目するほどの財産ではなかったにしても、よくわれわれの爺婆が口にした、所謂「気楽な身分」の人であった。初めて会ったときには、もうかなりの老人で、私よりもかれこれ三五年の年長者であった。

私はこのマルティン・ヘッセリウス博士に、我が師表を見出した。彼の知識は広大無辺で、患者の病症の理会ときたら、それこそ、座ればピタリと当たるというくらい、直観的なものであった。私みたいな年の若い凝り固まり屋は、それだけでもう、畏敬と随喜の涙を流してしまう。そういう人物だった。私の心酔は年と共に深まり、死がわれわれを別った後も、いよいよその感が深い。確かに、それほど根深いものがあった。

ざっと二〇年間、私は博士の医学上の秘書を務めた。

いずれも科学者でありながら、ヘッセリウスとその秘書は曖昧さを好む——そしてそれをむしろ増大させようとする。この医師は「患者次第で、ずいぶん変った処置をとったものもある」「博士は、はっきりと二通りの書き方で書いている」。一方で、彼は「素人でも、少し頭の効くものなら書けそうな平明な文章で」詳述する。「自分の見聞」を、客観的な観察者の視点から書き記すのだ。[*13] 他方では、ヘッセリウスはまた「がらりと文体を変え、専門語を矢鱈に使い、天才の総力と独創性を発揮しながら、分析、診断、解説と筆を進めて行っている」。[*14] あるいは彼の仲間はそう主張する。実際、提供される解釈はかなり少ないし、提供されたとしても、その謎の言語はほとんど訳が解らない。[*15]『鏡の中に朧に』は、答えよりも多くの謎を提示する。秘書の弁明的口実はその雇い主のそれと同様に少ない。

というか、そもそもこの人物たちは何者であり、どんな根拠で信頼に足るというのか？　両者はいずれも普通の形ではその職業技能を駆使しない。怪我のために秘書は治療を行なうことができなくなり、ヘッセリウスに至っては診療所はおろか、定住所すら持っているようには見えない。レ・ファニュはこの編集者に、『鏡の中に朧に』を執筆中の作品として提示させている——後に完結する数巻本からの抜萃であると。読者は自分で調べることのできない他の文献の参照を命じられる。つまり同書は、検索するのに一生を費やすような、ヴァーチャルな謎の書庫に通じているのだ。その蒐集の構成は不死者の謎から成り、実際に書かれている内容よりもさらに幻想的な現象を空想することを読者に促す。

『女吸血鬼カーミラ』は同書の掉尾に収録された物語であり、クライマックスである——他の物語よりも複雑で、入り組んでいる。ヴァンパイアとの遭遇と、物語の語りの間には三層に及ぶ仲介がある。一人称の語り手ローラは、彼女が一九の時とそれ以前に起った挿話を語る。「今」の観点から、彼女は「あの時」の記憶を呼び起こす。次の層にはヘッセリウス博士が含まれている。彼はいつとも知れぬ後の時代に彼女の話を記録した。最後の層はヘッセリウスの忠実な秘書のそれである。この構造は、カーミラのこの世ならざる性質を強調する。彼女は批評家モーリス・ブランショが、別の文脈において「文学の空間」と呼んだもの、すなわちイメージが作家からも読者からも独立して回遊する領域に存在している。[*16] 言うまでもなく、レ・ファニュはカーミラを創作した。だが彼は、頁の上の言葉は自立しているという事実に依拠している。それに決定的な意味を与える単一の権威ある源から遊離し、このヴァンパイアの物語は浮遊し、「死が別った後も続いた」亡霊のように空中を漂う。

主要な語りの中にもまた多様な声がある。ローラ——その「父はイギリス人」で、彼女自身は「イギリスを見たことがない」にも関わらず「イギリス人の名を持つ[*17]」——は、カーミラが彼女の許に出現した状況を次のように記述する——

ここで申上げておかなければなりませんのは、この城に住んでおりました者が、まことに少人数だったということでございます。奉公人や、城に付いている建物に暮らしていた寄食者たちは、人数の中へ入れないことに致します。お聞きになったら、びっくりなさるに違いありません！……実は、城に住んでおりました家族というのは、私と父と二人きりだったのでございます。母はシュタイアーマルクの生まれでございましたが、私が幼い頃に亡くなりまして、私には幼少の頃から付いておりました気立ての優しい家庭教師がおりました。……マダム・ペロドンという婦人で、ベルンの生まれで……三番目の席に座ります。四番目に座るのはマドモワゼル・ド・ラフォンテンと申す、これは世間で「仕上げの先生」と申しております家庭教師でございました。この方はフランス語とドイツ語をお話しになりました。マダム・ペロドンの方はフランス語と下手な英語をお話しになりました。英語は父と私とで……宅では毎日使っておりました。[*18]

この「バベル」的環境は、ヴァンパイアの言語的反映である——オーストリアの中のイギリスの飛び地での生活に充満する、親しいものと外国のものの、不明確だがはっきりとした組み合わせ。[*19]物語が語られるのはただ一つの言語であるが、行間には他の言語の言葉を聞くことができる。カーミラは要素の混淆を再現するような形で描かれる。彼女は語り手と同い年の少女であるが、同時にまた、そうではない誰か——あるいは何か——でもある。

カーミラの言葉は、彼女の環境の異国的側面を暴露する。カーミラは「いつでもお喋りは元気に致して、またたいそう話し上手でございました」[*20]。だがカーミラの話は明白な情報をもたらさない。むしろそれは、彼女を一種の霧で覆う――

どうか致すと、お家やお国のこと、思いがけなかった話や珍しかった話、幼い頃の思い出話、そんな話が出るのでしたが、話の端々に、私どもの存じない珍しい土地の風俗や習慣が出て参ります。そんなことから綜合してみますと、どうも生国は最初私が想像したよりも、遙かに遠いところのように思われました。[*21]

ローラがカーミラと過せば過すほど、彼女はこの女友達のことが判らなくなる。ヴァンパイアは近づけば近づくほど、ますます捕らえどころがなくなっていく。この組み合わせは、ローラをわくわくさせると同時に、また恐れさせもする。カーミラは女友達を「向こう側」へ引きずり込もうとしているのか？

最終的にカーミラの本性が明らかとなる。彼女の墓が発見され、彼女は滅ぼされる。だが、このヴァンパイアは完全に消えたわけではない。物語は次のように終る――

あの事件の恐ろしさは、遠の昔に消えてしまって、ただ今では、カーミラの顔を思い出しましても、もうすっかり朧になってしまって、物憂げな美しい少女で思い出される時もあり、あの破寺で見た断末魔の苦しみに悶えた姿で思い出されることもあり、そうかと思うと、客間の入口にふっとカーミラの軽い跫音が聞えたような気がして、夢のような思い出からはっと驚くこともございます。[*22]

このヴァンパイアの「軽い跫音」は彼女が去った後にも谺している。カーミラは依然としてローラに取り憑いている。ヘッセリウスによる物語の筆写は、彼の秘書によって世に出たが、彼女の存在を増幅し、彼女に力を与えている。ヴァンパイアは事実と虚構、夢と現実の間のどこかに存在する。レ・ファニュの編集者は、物語の序文で次のように約束する――

以下に掲げる物語に付いていた紙片に、ヘッセリウス博士は精密な解説を書いているが、その中に、この物語の草稿に出て来る不思議な問題を論じた論文の引照も一緒に添えてある。その論文の中で、博士は例によって蘊蓄と炯眼を傾けて、簡潔直裁に、この怪奇な問題を扱っている。これだけでも、優に本全集の内の一巻を為すに足りるだろう。[*23]

この「解説」とやらは、ついに提供されず終いである（「不思議な問題を論じた論文」の方は言うに及ばず）。『カーミラ』の枠組みは、ローラの話の内容と同様に曖昧である。物語の多くの語り手はカーミラの記憶に固着している。それを他人と共有することで、彼らはヴァンパイアに新たな生命を授けるのだ。今もなお。

異国語

『ドラキュラ』の文学的な力は、掴み所のない要素をそれらしく配置するところにある。ブラム・ストーカーはこの小説を、さまざまな資料から精選した文書集として提示した――日記、新聞記事、備忘録、等々。レ・ファニュの例に倣って、彼もまた一介の編集者を演じ、各文書の文責を他人に委ねている。ドラキュラ自身は他の登場人物に比べるとあまり姿を見せないが、事実上、同書全体を通じて常に「そこ」にいる。なぜなら彼らのとりとめのない印象は、適切に見れば、全て彼の方を向いているのだから。[*24]

トランシルヴァニアに到着した時、ジョナサン・ハーカーは彼の外国人のホストが流暢な英語を話すことに驚く。彼の眼はドラキュラ城の書棚に釘付けとなる。伯爵の書庫には「ロンドン商工人名録、赤書に青書、ウィッタカー年鑑、陸軍人名録、海軍人名録、法律家人名録……といったような参考図書さえ置いてあった[*25]」。「私はあなたがたの言語を書物を通してしか知りません」とドラキュラは客に言う。伯爵はこの有用な蔵書を「大変素晴らしい友人」と呼ぶ。[*26]これらの蔵書は、彼がこの事務弁護士の支援で地所を購入しようとしている国に関する知識の全てを教えてくれたのだ。ドラキュラがドラキュラたり得るのは、単に超自然的な理由のみならず、これから侵入しようとする国の言語に寄生しているからでもある。この英語力がなければ、彼は現代のイギリスで何かを為し得ることはなかっただろう――そして各文書の緩やかな、だが一貫したアッサンブラージュがなければ、この小説もまた成り立たなかっただろう。

ドラキュラが言語をヴァンパイア的に支配しているのに対して、ハーカー自身の言葉は彼にとって奇妙なものとなる。心を「落ち着かせる」ために書いている道中記は、間もなく恐怖の記録へと変容する。伯爵の虜囚となったハーカーは言う、「この日記は何やら『アラビアン・ナイト』の始まりに似てきた。全ては鶏の時の声で終らねばならないのだから。あるいはハムレットの父親の亡霊のようだ」[*27]。この事務弁護士は自分の体験との類似点を、既に読んだことのある文学作品の中に見出そうとして躍起になるが、彼が書くことの全てはますます見慣れぬものとなっていく。ハーカーの生命の書の頁には、悪夢が沈潜している。「私が切望することはただ一つ、私の気が狂ってしまわないようにということだけだ。もちろん、それもまだ気が狂っていなければの話なのだが」と彼は不安げに記す[*28]。

あからさまなことに、ハーカーの最大のトラウマ的体験――ドラキュラの花嫁たちの訪問――は、「その昔にはこの部屋でこの小さな樫のテーブルに向かって、さる美しき貴婦人があれこれ考えては頬を何度も染めながら、拙い恋文を認めていた」という、その同じテーブルで彼が眠りに落ちた時に起る[*29]。この夜のヴィジョンを引き起こしたのは他ならぬこのイギリス人自身であるが、今やそれは彼に牙を剥いたように見える。何にせよ、まさしくそれは数日後に牙を剥く。その日の日記で、ハーカーはドラキュラが彼自身の破壊活動の格好の代理人に仕立て上げた様子を記している。

昨晩、伯爵はこの上なく丁重な言い方で、手紙を三通書いて貰いたいと言ってきた。一通目には、ここでの仕事が終りそうなので、二、三日の内にイギリスへ向けて旅立つ、と書き、二通目には、手紙の日付の翌朝に出発する、と書き、三通目には、もう城を出てビストリッツに到着した、と書くようにということだった。[*30]

ドラキュラはこの手紙を、客を始末した後に投函する積もりだった。「これで私の寿命が解った」とイギリス人は、後の祭りになって漸く気づく。[*31] 辛くもハーカーは脱出に成功するが、その体験のためにすっかり衰弱し、病院に収容されてしまう。消耗しきった彼は愛する者に手紙のひとつも書くことができない。同書のそれ以後の部分は彼以外の者が書いている。そして彼らは、ハーカーには取れなかった先手を取る。

ハーカーの手を借りて、ドラキュラは不動産の権利書を確保し、口座を開設する。これによって彼は正式に、堂々とイギリスに住むことができるようになる。ドラキュラはただ、「ホーキンズ＆ハーカー法律事務所」に手紙を送り、彼（ハーカー）が自分の利益になると信じてやっていたことの続きをさせればそれで良い。[*32] 仲介人を通じて、伯爵は既に書類上ではいくつもの代理人格を創り上げており、それが彼が別のところで行なう、さらに異様な変貌の基盤となる。ストーカーの小説では、ヴァンピリズムは魔術ではなく、ビジネス上の眼識の問題である。ドラキュラは「その気があれば、有能な弁護士になれたに違いない」とハーカーは推察する。[33]伯爵は奇妙であるが、その最も奇妙な点は、彼は別にハーカーがそう願っていたほどには異質ではないという点である。この事務弁護士はドラキュラの恐ろしい側面を記録しているが、それはヴァンパイアというものが彼自身やその他の真っ当な人間たちとは異なる存在であるということを再確認するために行なっていることである。

ストーカーの小説の最もはらはらする点は、ひとたびドラキュラがイギリスに転居するや、ハーカーの最愛の妻であるミーナが著しく伯爵に似てくることである。同書はミーナを「助教師」としている。標準的な性役割を維持しつつ、その頭の中は常に、どうすれば自分は夫にとって「役に立つ」かに向けられている。だが、ミーナが――ハーカーの願いに反して――女の好奇心に負け、彼がトランシルヴァニアで付けていた「旅行中の日記」を覗き込むや否や、たちまち彼女は人格のもう一つの側面を露呈する。[34]

ミーナは自分のことを「新しい女性」であるとは考えていない、と断固として言う。にも関わらず、小説が進むにつれ、彼女はますます「男性的」な役割を演ずるようになる。ミーナは「速記もせっせと練習」しており、「ジョナサンが言いたいことを速記で書き取ることだって」できる。彼女はまた、「タイプライターも一所懸命に練習」している。[35]物事の秩序を倒壊させようなどとは思いもよらぬまま、この進取的な女性は他者の領域へ侵入する。その逸脱への罰であるかのように、小説は彼女をヴァンパイアの格好の獲物とする。

一方で、ミーナの献身的な秘書としての働きにより、男たちはドラキュラの動きをピンポイントで捕え、彼を追い詰め、脅威を根絶することができる。他方では、ミーナの行動は彼女を伯爵の支配下に置かせる。筋書き上、ミーナと伯爵との運命的な出会いは、彼女がたまたま、雄々しいヴァンパイア・ハンターたちのチームに守られていない時に起る。だが伯爵の「血の洗礼」はそれ以前から準備されていた。ミーナとドラキュラの懇ろな繋がりは、不可思議な千里眼の能力として発現するが、その能力は彼女がこの悪鬼に関する情報を集め始めると同時に発達していく。自分の妻が催眠状態で語るのを見たハーカーは言う、「ミーナが同じ口調で速記の書き付けを読み上げているのを聞いたことがある」[*36]。データが彼女の手を通じてやって来るのと平行して、動物磁気がミーナの身体を流れ、彼女を奇妙な不死者のエネルギーで満たす。

どこからどう見ても、『ドラキュラ』では万事が綺麗に落着する。ハーカーの手記が、同書を締め括っている。

七年前、私たちは皆、火中を潜り抜けた。その時以来私たちが手にした幸福は、私たちが堪え忍んだ苦しみに充分見合うものであったと思う。ミーナと私には、息子の誕生日がクインシー・モリスの命日と同じになる幸福まで加わることになった。勇敢な友人の精神が息子に引き継がれたのだと、ミーナが密かに信じているのを私は知っている。息子の長い名前は、同志であった教授やドクター・シューワードやゴダルミング卿に肖ったものだが、私たちは息子をクインシーと呼んでいるのである。[*37]

生命の周期が勝利を収めた。ハーカーが息子を得たからである。この少年は、異国の侵略者に対して雄々しく立ち向かった人々全員の名を貰っている。「私たちが堪え忍んだ苦しみ」は心の蓄えを強化した。だがまたしても、この事務弁護士が書いた言葉の中には懸念の材料がある。まず第一に、ハーカー――常に明敏な知性を示していたわけではない――は「精神」がどのようにして一つの身体から別の身体へと移動するのか、妻ほどには解っていない。第二に、クインシー・モリスはおそらく、ハーカーが思うほど勇敢ではない。最後に、そもそもモリスの命日というのは、ドラキュラの命日でもあるのだ。ヴァンパイアは形を変えて復活すると言われている。この少年の父はドラキュラのイギリスでの冒険の下準備をし、母は自身がほとんどヴァンパイアとなった。少年クインシー・ハーカーの「長い名前」は密かに、語り得ぬ何かを含んでいるのか？　彼は大人になった時、どういう人間になるのか？　彼がどんな存在になろうと、両親は彼を愛するしかないのだが。

感染の媒介

F・W・ムルナウの『吸血鬼ノスフェラトゥ』においては、ヴァンパイアは当初から、人が思うよりも身近なところにいる。ジョナサン・ハーカーに該当するフッターは、酷薄な人物のために働いている。彼の雇い主であるノックは明らかに、それなりのカネさえ得られるならばどんな相手とでも取引するような人間である。[*38] むしろ彼自体がずんぐりしたドイツ的体型のヴァンパイアのように見える――丸禿げ、もじゃもじゃの眉、陰険な流し目、虫歯を剥き出しにする悪意満々の笑み。この不動産業者はまた、暗号化された秘密の遣り取りをしている。ノックとオルロック伯爵（別名ノスフェラトゥ）の間で遣り取りされる手紙は、魔術記号のような文字で書かれているのだ。フッターにトランシルヴァニア行きを命ずる時、ノックは言う、「かなりの額を稼げるかもな」。ただそのためには「ちょっと厄介なこともある……汗も掻かなきゃならんし……血を見たりもするかもな」[*39]。

これほどあからさまではないが、当のフッターもまたノスフェラトゥに似ている。フッターとノスフェラトゥを同一視することは、一見したところでは直観に反するように思える。フッターはほとんど苛立たしいまでに陽気である――常に微笑みをうかべ、小走りに動き回っている。たとえ雰囲気がシリアスな時にもだ。敬虔な農民が東欧の危険について彼に警告した時も、ただ笑い飛ばすだけだった。対照的に、ノスフェラトゥは常に無表情で、むしろ屍体のように侘しい。日々を柩の中で過し、映画が進むと、巨大な骨張った鼠のようになる。だが、善なるドイツ人と悪のトランシルヴァニア人との繋がりはますます明らかとなっていく。もしもフッターが、初めから東欧に出張してよく知らない相手との取引をすることに合意していなければ、そもそもヴァンパイアは動けず、人死にも出なかっただろう。トランシルヴァニアで、オルロックがフッターの妻エレンを一瞥し、この客の配偶者の「愛らしい首筋」を賞賛したことによって、彼らの繋がりは確固たるものとなる。旅人はその論評の意味に気づかなかったのか、あるいはそれを軽視したのか、この異邦人が彼自身の家のすぐ向かいの建物を購入することを全力で手助けする。映画史家トーマス・エルサエッサーは、このシーンの詳細を指摘している。「伯爵が書類にサインしようとすると、フッターは偶然（？）……エレンの絵姿の入ったメダルを見せる。ノスフェラトゥはそれを掴み、そして……この絵姿は……本来なら契約を結んでいたはずのカネの代りとなる」[*40]。言い換えれば、フッターは仕事を進展させるために妻を売ったのである。「血を見たりもする」のは彼ではなかったのだ。

フッターとノスフェラトゥの繋がりは、ますますあからさまになっていく。トランシルヴァニアでの取引の後、彼らのその後の推移は平行軌道を進む。フッターとノスフェラトゥは別々にドイツに行くが、ほぼ同時に到着する。両者は今や隣人となり、両者は同じ女に対して愛情――そう言って良いなら――を向ける。映画は夫婦の婚礼の間でクライマックスを迎える。エレンはベッドに横たわり、夫は椅子に座っている——表向きは、警備しているかのように。だが実際には彼は居眠りをしている。妻がはっとして目を覚すと、フッターは助けを呼びに駆け出してしまう。ノスフェラトゥは通りを渡って忍び寄り、部屋に侵入する。ヴァンパイアの影が女の上に被さり、その鉤爪のような手のシルエットが彼女の心臓を掴む。遂に悪鬼は夫の場所を占めたのだ——彼は実際には、ずっとフッターの胸の中に潜んでいたのか？

フッターは酷い夫である。それは妻を守るべき時に眠っていたからというだけではない。もしもエレンがヴァンパイアを惹き付けるのに必要な処女の純潔を守っていたのなら、そもそもこの夫婦の結婚は成就していなかったということになるではないか！　ノスフェラトゥがベッドの若い女のところにやって来た時、彼はフッターが無視してきた機能を演じていたのだ。もしかしたらノスフェラトゥは実際にはトランシルヴァニア人ではなく、ドイツ人——自分自身を、あるいは自分自身の暗い願望を知らぬ男の隠された側面——なのかもしれない。

『吸血鬼ノスフェラトゥ』におけるヴァンピリズムには、もう一人の人物も含まれる。この映画には、ヘッセリウス／ヴァン・ヘルシング的役柄のブルワー教授なる人物が登場する。この教授は伝統的な意味での科学者であるのみならず、またこの世界の「統一原理」に興味を持つ「パラケルスス主義者」でもある。ブルワーはいかにもな見かけをしている。中世の錬金術師のように。この奇妙な男は、ノスフェラトゥとの闘いにおいては積極的な役割を果たさない。その代り、彼は学生たちを連れてきて、食肉植物の標本を共有し、顕微鏡下で互いに喰らいあう微生物を見せる。やれやれと言うような解説を語りながら、ブルワーは明らかに「自然の神秘的な働き」に喜びを見出している――「ヴァンパイアみたいだよね、違う？」。ブルワーの最初のシーンは、ノスフェラトゥを乗せた船がドイツに到着した直後に現れ、そしてノックが発狂して蠅を食い始め、「血は生命だ！」と叫ぶシークエンスとインターカットされる。このブルワー教授は、彼自身がその不気味さによって異彩を放つ。ノスフェラトゥやその気の狂った仲間と比べても、彼の不気味さはさらにその上を行く。[*41]

この映画の設計のあらゆる側面が、不死者との繋がりと不気味な映像に満ち満ちた世界の曖昧さを増幅する。無声映画でありながら、『吸血鬼ノスフェラトゥ』には「恐怖の交響曲」という副題が付いている。その映像は、一種の音のない音楽として理解すべきものなのだ。これはあきらかな逆理である。オープニング・クレジットの後で提供される情報と照らし合わせると、事態はますます奇妙なものとなる。「キリスト紀元一八三八年のヴィスボルクにおける黒死病の記録」。この言明は、その後に続くのがありのままの事実の報告であることを示している。音楽のような幻想のまさに対極にあるものである。無名の――そして不可視の――語り手が「語る」――

ノスフェラトゥ。この言葉は、真夜中にあなたの名を呼ぶ死鳥の鳴声のように聞えはしないか？　その名を口にせぬよう注意されよ。なぜならそうしたが最後、生命の絵は色褪せて影となり、執拗な悪夢が心臓から這い出し、あなたの血を貪るからだ。

だが、ここで観客に語りかけているのは一体誰——あるいは何——なのか？　冒頭から、『吸血鬼ノスフェラトゥ』は事件と観客の繋がりを確立し、それが恐慌の領域——そして過去——から溢れ出て、今、ここへと到達しようとする。「ノスフェラトゥ。この言葉は、真夜中にあなたの名を呼ぶ死鳥の鳴声のように聞えはしないか？」。この言葉は、観客を脅迫する。恐怖はこの映画のあらゆるコマが見せようとするシーンから適切な距離を取ろうとしないあらゆる観客を待ち構えている。『吸血鬼ノスフェラトゥ』は観客の欲求を玩弄し、上映の度に「黒死病」を再現することを約束する。それは恐怖にして愉快——映画愛好家が望む昂奮である。その含意するところの全てを認めたくはないとしても。

中間状態

デンマークの映画監督カール・テオドア・ドライヤーの『吸血鬼 Vampyr』（一九三二）もまた、曖昧な視座と影のような人物描写によって観客を異界へと引きずり込む。[*42] この映画は同時に英語、フランス語、ドイツ語で撮影された。各ヴァージョンの完全なプリントは現存しないが、『吸血鬼』は全体にその異同——言語その他——の痕跡を留めている。音声は付いてるものの、『吸血鬼』は無声映画のペーシングを持ち、その疎らな会話には登場しない情報を提供するためにタイトル・カードを採用している。その独自の制作状況——そして黎明期の映画の伝統に従うと同時に「トーキー」を作ろうとする監督の決断――のゆえに、『吸血鬼』は時代と様式の間の「映画的空間」を占領する幽霊のような作品となっている。

『吸血鬼』の冒頭に言う――

これは若きアラン・グレイの奇妙な冒険の物語である。彼は悪魔崇拝とヴァンパイアの研究に没頭している。何世紀も昔の迷信に夢中になった彼は夢見る者となり、その現実と超自然の境界は曖昧となった。当てもない放浪の末、彼はとある夜半、川の傍の人目に付かぬ宿に辿り着く。

観客の視点となるのは、身体的・知的・霊的、そしておそらく倫理的にも「当てもない放浪」をしている人物である。主要な登場人物は「夢見る者となり、その現実と超自然の境界は曖昧となった」状態で登場する。映画は彼と共に漂流するが、彼が何を探しているのか、あるいは彼の動機が何なのか、全く不明のままである。

グレイは偶然、物語を――物語というにはあまりにも混乱し、漠然としているが――構成する冒険に出くわす。この旅人が投宿した宿には客がほとんどいないのにも関わらず、不吉な声が聞える。真夜中、一人の老人がグレイの部屋に現れ、「私の死後に開封すること」と記した封筒を彼に渡して姿を消した。グレイは外を彷徨い、実体を持たぬ影の一団を追って廃工場に辿り着く。

そこで奇妙な光景を見、音を聞いた後、気がつくと彼は、先に宿に訪ねて来た老人が住む屋敷にいる。突如、老人は銃で撃たれて死ぬ。使用人たちはグレイを家に入れ、彼は彼の客／主であった老人の二人の娘、ジゼルとレオーネと逢う。謎の病気によって衰弱して床に伏せるレオーネは、実はヴァンパイアの犠牲者であった――それはマルガリット・ショパンという老婆で、邪悪と罪に塗れ、臨終の秘蹟すら拒絶されて死んだのである。[*43]

プロットの詳細は、この映画が醸し出す全体的な先見当の雰囲気に比べれば重要ではない。この感覚は終りに近づくにつれてますます顕著となり、そこでグレイは野外で眠りに落ちる。二重露出により、この放浪者は横になった体勢から立ち上がり、工場の中へ戻って行く。そこで彼はレオーネの身体が柩に横たわっているのを見る。もう一度目を凝らすと、柩の中にいたのはグレイ自身であった。それからカメラは方向を変え、柩の中の彼の視点となる。片脚の男――先に登場した影の一つはこの男のものである――がネジで蓋を閉める。他の登場人物たちも見下ろしている――邪悪な老婆と、死にかけの女の治療に当たっているが、実はヴァンパイアの仲間である医者である。次のシークエンスでは、依然として柩に閉込められたままのグレイが葬儀のために運び出される。その間ずっと、観客は全てを、生と死の間に囚われた者の視点から見る。

内容と形式の両方の点で、『吸血鬼』は世界と世界、人と人との境界上にある。登場人物たちは、普遍的な孤独の環境の中で立場を入れ替える。グレイは気がつくと、通常の規則が通じない村にいる。映画の設計は、虚構から観客へと不信を送る。観客は、自分が見聞きするものを据え付けるべき安定した枠組みを何一つ持たない。最終的にグレイはカタトニー状態からも柩からも脱出し、ヴァンパイアは心臓に鉄の杭を刺されて排除され、不気味な医者は死に、主人公は生き残った妹を連れて渡し船で脱出する。彼が渡る川は、古えの神話のステュクスのように不吉に見える。だが『吸血鬼』は、そもそもこの事件がどのように、あるいはなぜ起ったのかを全く説明しない。

『吸血鬼ノスフェラトゥ』と同様――むしろそれ以上に――ドライヤーの映画は、イメージ同士の関係を説明しないまま、ただその連続を見せる。『吸血鬼』のさまざまな登場人物たちは、いずれも存在の朦朧とした状態から出て来たものである。その中でも一番はっきりしているのは主人公であるが、その彼ですら、無へと蒸発する寸前にある。

この映画のクレジットによれば、『吸血鬼』はレ・ファニュの『鏡の中に朧に』に基づいている。だが一見、その繋がりを見るのは困難である。レ・ファニュにはヴァンパイアの老婆など出て来ない。それどころかカーミラは「美しい少女」である。とはいえドライヤーは、同書の別の部分から霊感を引き出したのかもしれない。謎のヘッセリウス博士とその無名の秘書はいずれも、奇怪な現象を探求していた。われわれはグレイについて、彼らと同じような事柄に興味を持っているという事実以外、何も知らない。『吸血鬼』はもしかしたら、先の「おまけに健康も失う」こととなった結果による、主人公自身の不死の状態を表しているのかもしれない。結局のところ、彼は根無し草の人生を歩み、病的な嗜好を持っている。他の者も、彼が近くにいる時に不運に見舞われる。偶然かも知れぬが、グレイが美しい配偶者を得るのはその父と姉が都合良く死んでくれた後であるということは注目に値する。

あるいはまた、この映画全体がグレイの熱病のような想像力の所産、夢の中の夢を描いていると考えるのも不可能ではない。いずれにせよ、『吸血鬼』は善悪の明確な分離、明瞭な事象の連結に由来する安心感を観客に与えない。ヴァンピリズムは空気中に濃密に漂っており、近づく者全てを取り巻く脅威を醸し出す。それは心理的であると同時に身体的であり、接触感染によって拡散する。次は誰なのか？　グレイの冒険に加わることは、自らが不死者となる旅への第一歩なのかも知れない。

もっともっと

自然の手段によっては生殖できず、子孫を産むことの叶わぬヴァンパイアは、人間の欲望を糧として生きている。人はしばしば自分が何を望んでいるのかすら知らないが、この欲望は不死者に力を与える。虚構はヴァンパイアを支える。人々の語る――そして消費する――物語は、人生の側面を捕える夜の夢のようなものであるが、現実として受け入れられているわけではない。人間の幻想は不死者に徘徊の場を与える。アン・ライスとステファニー・メイヤー――現代におけるヴァンパイア召喚の術者を二人挙げるなら――は、その先駆者たちと同様にサスペンスの糸を紡ぎ、失見当を生み出している。彼女らの作品がどれほどの耐久力を持つかは時が明らかにするだろう。だが彼女らは、現代の大衆の気分や願望との繋がりを打ち立てるという、否定しがたいスキルを示した。そうすることによって彼女らは、登場人物に実体と活力を与える、自分なりの不死者の系図学と神話を生み出したのだ。彼女らのフィクションはまた、人々を引き込み、それを望む精神に頁を注入する。

文学と映画の作品は人々に、日常の覚醒した生活においては認めることを拒絶する類いの空想に浸る特権を与える。本も映画も現実の代替となるヴィジョンを築き上げる、少なくとも暫くの間は。このような「空間」――文学であれ映画であれ――には、確固たる、事実に基づく基盤がある――不死者と共謀した芸術家の手で、優れた、あるいはそうではない技術によって纏め上げられた、言葉、音、視覚像の特定の配置である。ヴァンピリズムの仲介者は、全く無害とは言い難い娯楽を求める、同胞たる人間の切望をカネに換える。彼らは精密に組み立てられた嘘を売り、彼らの獲物はそれを愛する。人々が彼らを自らの心の中に受け入れ、そこに自分自身の写像を見出す限り――それが「鏡」の中にいかに「朧」に見えようとも――ヴァンパイアは死ぬことはない。

結語

ヴァンパイア、その表と裏

ヨーロッパの辺境で、田舎者の幻想として始まったという地味な出自にもかかわらず、ヴァンパイアは急速に拡散し、西欧の想像力を占拠した。彼らの存在に関する最初の報告書から僅か数年後に、不死者はイギリス、フランス、ドイツに住処を構え、学者、ジャーナリスト、神学者らの忙《せわ》しいペンが彼らを世界の大衆に紹介した。一九世紀初頭までには、誰もがヴァンパイアのことを耳にしていた。この怪物どもは千古の神秘の受肉のよう見えたが、実際には現代世界の不確実性の化身であった。今日では――特に合衆国の娯楽産業による流布のお陰で――ヴァンパイアは世界的現象となっている。ヴァンパイア映画は日本と韓国でも制作され、ジャマイカと南アフリカのレゲエ・ミュージシャンは不死者を歌っている。[*1] 何ゆえにヴァンパイアは「急速に拡散した《ゴーン・ヴィラル》」のか？

その最適な答えは、おそらく、そもそもの初めからヴァンパイアとは何なのかが明らかではなかったということであろう。セルビアの百姓が外国権力の代表者に述べたところによれば、彼らの共同体の者は他の異人の影響下に落ちて死んだ後、甦ってかつて仲間だった人々を殺しに来る。

ハイドゥクが目障りな屍体の墓を暴き、杭を打ち込み、焼却するのを見たオーストリアの役人は、彼らの主張や、見たと称する光景などを信じなかったが、何にせよ、大都会にいる権力者たちにその出来事を報告した。その後に起った論争は、そもそも結論など端からないに等しいものであった——学識深い論者たちにも、この現象をどう理解すべきかさっぱり解らなかったのである。ヴァンパイアは混乱から利益を得ることによって世に知られるようになり、影響力を持つようになった。不死者を取り巻く当惑は、ひとたび文人たちがこの素材を用いて劇場の客や読者の背筋を凍らせるようになると、ますます増加する一方であった。作家は自分たちが提供する伝説を、実際の民間伝承と称して祭り上げた。二〇世紀においては、映画——そしてその後はTV——がその謎を拡大した。「ヴァンパイア」という語の得心行く定義は未だかつて存在した試しがないために、異なる表現と意味が次々と生じ、人々はこの謎の存在の正体に想いを巡らせた。

今もなお、一致した見解はない。不死者たちは、互いに両立し得ぬほどの幅広い特徴を示している。十字架を前にするとたじろぎ、縮み上がる者もいれば、平然としている者もいる。日光に耐えられぬヴァンパイアもいれば、全く気にする様子のない者もいる。動物に変身できる者もいれば、できぬ者もいる。このような矛盾は、不死者にとっては問題ではない。彼らはもとよりあり得ぬ何か——生命である死、死である生命——の権化であるから、ヴァンパイアはいつでも自らの中に、さらなるあり得なさを吸収してしまうのだ。本書で取り上げていない本や映画に目を向ければ、さらに多様な——そして一貫しない——絵姿が見られるだろう。だが、狂気の裏には合理性がある。

憑かれた人生

ヴァンパイアは、一般には外から来るものとして描かれるが、また内から来るものでもある。この怪物は、生のプレッシャーがあまりも強すぎる時に出現する。それゆえに、既に見たように、若者はヴァンパイアの格好の餌食となるのである。思春期と成人初期はあらゆるところに困難を抱えている。生物学的変化以外にも、人生のこの段階には、新たな社会的役割と責任を受け入れるという重責がある。

ジョン・ポリドリのオーブレーは孤児であり、ルスヴンと会った時点でまだ未成年であった。若くて無教育な彼は、幻想に耽る傾向がある――

後見人どもはひとり財産の管理にのみ務め、肝心の情操教育の方は幾人かの召使いにカネをやってこれを任せた。そのせいか、オーブレーに於いては物を見極める力に勝って夢想する力の方がよく育まれたらしい。夢想を好む人には気高く実直な気風が宿る。尤も今日では、殿方のこうした気風が帽子屋のお針子を骨抜きにするのが習いだ。世の人で美徳を賞揚せざるはないとひたすら信じていた彼にしてみれば、悪徳というのはそれこそ天の配剤に他ならず、近頃流行りの小説というものに見られる如く、ある場面を画趣豊かに引き立てるための小道具に過ぎない。……つまるところ、オーブレーにとっては詩人の夢想こそ人生の真実だったのである。[*2]

もしもオーブレーが空想の中でのみ生きることができていれば、順風満帆だったであろう。ルスヴンは「近頃流行りの小説というものに見られる」ものよりも「画趣豊か」とは言えぬ「人生の真実」の化身である。オーブレーはこの世の流儀に関してはまだ賢明とは言えず、それがゆえに怪物と親しくなり、結果として我と我が身を滅ぼすこととなる。ある意味、最後に彼を殺すのはこの少年自身——仲間の手で滅ぼされることを許した——なのである。ルスヴンが大陸行で死んだと信じたオーブレーは、ロンドンに戻り、妹がヴァンパイアの手に落ちているのを見る。この若者は「物を見極める力に勝って夢想する力の方がよく育まれた」がゆえに、その衝撃は耐えがたいものであった。「オーブレーはもはや立つことも儘ならず、怒りに逆流した血液は捌け口を見つけられないままに、遂に血管を破った」[*3]。その直後に彼は身罷る。ルスヴンは彼に触れもしない。このヴァンパイアは、少年の過剰な想像力の所産である時、最も危険な存在なのだ。

『ドラキュラ』のジョナサン・ハーカーにとって、ヴァンピリズムはそれ自体、神経発作のように発現する——それは外部要因によって即座に引き起こされる衰弱であるが、それ以前に内部要因もまた作用している。「私が切望することはただ一つ、私の気が狂ってしまわないようにということだけだ。もちろん、それもまだ気が狂っていなければの話なのだが」と彼はトランシルヴァニアの虜囚となった時に書き記している。小説のこの時点では、ドラキュラはまだ直接的な攻撃は仕掛けていない。むしろ状況は概ねハーカー自身が創り出したものである。ビジネスをしたいという伯爵の要求に応えて、この若者——仕事で昇進したばかりで、婚約しているが、まだ未婚である——は、「自由に自らの意志で」遙々トランシルヴァニアまで赴いた。[*4] 人生の岐路に立って、彼は誤った選択を下す。その結果としてハーカーは厄介事を引き起こし、自ら好んで引きずり込まれた状況に対処することができない。

シェリダン・レ・ファニュの『女吸血鬼カーミラ』のヴァンパイアは、女主人公の子供の頃の夢から、現実世界に侵入してくる。ローラはカーミラが側にいると本来の彼女ではなくなる。ブラム・ストーカーはドラキュラに、ミーナ・ハーカーの思考を覗き込み——そして操る能力を与えた。その結果、この若い女は本来の自分以外の誰かであるかのように振舞う。ローラとミーナの言動は間違いなく狂っている。

昔から用いられている、女の狂気を表す言葉は「ヒステリー」である。[*5] レ・ファニュとストーカーがそのヴァンパイア小説を書いていたのとほぼ同じ頃、ジークムント・フロイトは、この現象を研究することによって名を上げた。フロイトによれば、ヒステリーは器質性疾患、すなわち弱い方の（とされている）性の本質に由来するものではないという。むしろヒステリーは患者が直面する受け入れがたい状況に起因する。女に許された言動に関する家庭的・社会的禁令は時に息苦しいものとなり、鬱積したエネルギーの捌け口がない時、奇妙な行動が表に現れる。これは何も女のみならず、男にも当て嵌まる。[*6] ヴァンピリズムは一種の解放をもたらすが、それは致命的なものともなり得る。

より最近の作品も、内に由来する外的な脅迫の力学を保持している。それらはより友好的な形のヴァンパイアとの関係を提示する傾向があるが。アン・ライスの〈ヴァンパイア・クロニクルズ〉シリーズの初巻で、「若者」は会見するヴァンパイアを探しに行く。そこで学んだものは新たな地平を開き、彼はこれまでは欠落していた、世界への洞察を得る。ステファニー・メイヤーの『トワイライト』はヴァンパイアの教育を受ける道を選んだ若い女を描く。冒頭ではベラは不器用な女子高生で、自分に自信が無いが、学ぶことを欲していた。ヴァンパイアのエドワードと結婚した時、彼女は女になる。このシリーズの題辞は、聖書から取られたものである――「然ど善悪を知るの樹は汝その実を食ふべからず。汝之を食ふ日には必ず死ぬべければなり」[*7]。メイヤーが皮肉のつもりだったのかどうかは解らないが、その聖書の啓示とは全く正反対のことがベラにとっては正しかったと判明する。彼女はその実を食い、永遠に生きる。意味合い――および結果――は異なっているが、ヴァンパイア一味は、『ロストボーイ』のマイケルにも、『バフィー～恋する十字架～』のヒロインにも、『トゥルーブラッド』のスーキーにも参入儀礼を提示する。無垢は人生経験に取って代わられねばならない。不死者は青年期と成人期の端境に立つ。

ヴァンパイアは人間が彼らにある程度譲歩しなければ、無力になるのかもしれない。獲物は一般に、既に為す術のない状態に陥っているのに、さらに彼らを招く。未熟であること、無知であることも助けになる。不死者との接触は——またしても、フロイトなら言っていただろうが——無意識の衝動と思考プロセスを通じて起る。[*8] 内なる声は、必ずしも覚醒した意識の望みに従うわけではない。

敵と味方

完全に成熟した人もまたヴァンパイアを受け入れることもある。リチャード・マシスンの『アイ・アム・レジェンド I Am Legend』（一九五四）は、核戦争やその他の破局の後の生活を想像する数多くの冷戦フィクションのひとつである。謎の生物学的事象が起り、地球の「支配種族」の座は血を吸う連中に奪われる。ここでもまた、ヴァンピリズムは外部から来たように見える。だが実際には、事態はより複雑である。

『アイ・アム・レジェンド』は支配的な文化の代表者に関してどんでん返しを用意する。マシスンは主人公であるロバート・ネヴィルを「イギリスとドイツの血を引く、長身で三六歳の男」と紹介する。[*9] 今や衰退中の集団の一員であるネヴィルは、彼が知っている全てのもの——そして彼の存在そのもの——が、より大勢を占める種族に脅かされたらどうなるのかを体験する。アルコールで酩酊した状態でその状況について考え、主人公は想像上の聴衆に語る。泥酔したモノローグで、彼は自分自身と生まれ育った社会について、思わぬ真実に気づく——

椅子に座って酒を呑む。素面の感覚をアルコールで鈍らせろ。どうにか持ちこたえている頭の中を真っ白にしろ。でも、杭の準備を急ぐのは忘れるな。奴らが憎いことに変りはないから。

……

ふと考えた。目の前で人差し指を振ってみる。

やあ皆さん、ヴァンパイアについてお話ししましょう。話すと言っても、たった一人しかいないが、大した問題じゃない。それなら一人でやるだけだ。……

しかし、他の動物や人間の欲求に比べて、ヴァンパイアのそれが遙かに恐ろしいと言えるだろうか？　ヴァンパイアの行ないが、子供の気力を奪う両親の行ないに比べて、そんなに凄まじいものだと言えるだろうか？　ヴァンパイアは人々を怯えさせ、髪を逆立たせるかもしれない。しかし、いずれは政治家にという思惑のために神経の繊細な子供を社会に無理に送り出す両親と比較して、ヴァンパイアが劣っているのか？　自滅的な民族主義者に対抗して爆弾や銃器を掲げる連中を食い物にして出来た資産に支えられている、武器製造業者よりも悍ましいのだろうか？……欲望や死がてんこ盛りの本を出している出版社は、ヴァンパイアよりましなのか？　そうさ、なあ、自分の胸に聞いてみなよ――ヴァンパイアはそんなに酷い種族だろうか？

ただ人間の生き血を飲むだけじゃないか。[*10]

混濁した思考の中、ネヴィルはヴァンパイア全般を憎む真の理由は無いということを認める。人類も——そして愛情に基づいて行動する親たちですら——他者から生命を吸っている。その他のあらゆる物（そしてあらゆる者）と同様、ヴァンパイアは単に生き延びようとしているだけである。ただ状況だけが、彼らを憎むべきものにしているのだ。『アイ・アム・レジェンド』は自分自身と対立する男の、苛まれた良心に声を与える。彼が拘泥している世界と社会秩序こそ、今やそれを飲み尽くそうとしている恐怖を生み出してきたらしい。

舞台設定は未来ではあるが、『アイ・アム・レジェンド』は二〇世紀のアメリカを描いている。ヴァンパイアは昔から影の中に存在してきた集団を表しているが、今やその数と力は増大した。ネヴィルは、不死者たちがかつて彼らを抑えつけてきた者たちと同様の行動をとるのではないかと恐れている。『アイ・アム・レジェンド』は市民権についての懸念を証言している。その懸念は、虚構という枠組みの外ではより直接的に、超自然やSFなどの装飾もなく表明されていたものである。「ロバート・ネヴィルは実に腹立たしそうな唸り声を上げた。ああ、そうさ、そうだろうが、自分の妹を奴らの嫁にくれてやる気になるか？」[*11]。マシスンの主人公は、当初はこの新たな多数派を純然たる恐怖と見做していた。だが、一見したところこの業苦に感染せずに済んでいると思しい女と出会って、自らの偏見と直面せねばならなくなった。彼女もまたヴァンパイアであった——ただそう見えないだけだったのだ。

不作法な男にとって、素直になってそれを口にするのは骨だが、ヴァンパイア・フィクションは人種、民族、あるいはそれ以外の、上品な社会が認めたがらない部族主義に取り憑かれている。不死者はあくまでも不死者である——すなわち、死者だが、実際にはそうではない——これはちょうど、建前上は人々の判断に影響を及ぼさないとされているが、実際には及ぼしている集団所属性の分類と同じである。ヴァンパイアは「敵」と「味方」に対する懸念の擬人化である。部内者と部外者は時代ごとに、文脈ごとに入れ替わるが、その基盤となる構造は不変である。一八世紀のセルビアでは、ヴァンパイアの状況はトルコ／ムスリムの汚染（とされるもの）に拠っていた。カーミラは当初は普通の少女のようだったが、実際には「どうも生国は」彼女のイギリス／オーストリアの友人が「最初想像したよりも、遙かに遠いところのように思われました」。ストーカーのドラキュラは「ヨーロッパの人種の渦」をその身に統合している。[*12] F・W・ムルナウのノスフェラトゥは、映画の進行に連れてどんどん人間離れしていくが、特徴的な鉤鼻を持ち、東欧の出身である。[*13]

過去一〇年における不死者のフィクションは、公然と先祖崇拝や虐殺を楽しんでいる。かくして、映画『アンダーワールド Underworld』シリーズ（二〇〇三―）は、明白にヴァンパイアと人狼の間の戦争を描いている——時代を超えた憎しみに囚われた二つの種族である。無論、人狼マイケルと恋に落ちるヴァンパイアのセリーンはこの殺戮に終止符を打ちたいと望む。さもなければ、観客は彼女に自己同一化する言い訳は持ち得なかっただろう。とはいうものの、敵対的な血縁関係の問題が感傷的な部分を引き受け、家族の紐帯は絶対である。『アンダーワールド』は、もしも大っぴらに表明されていれば観客が劇場に寄りつかなくなるような、近代以前の姿勢を信奉している。白昼堂々、人種差別のアピールを認めたがる人はほとんどいない。この種のファンタジーは、暗闇に浸るのが最も相応しい。そこなら人は、自分が銀幕上の明滅するイメージに属していると偽ることができる――「創られた」存在であり、「実際には存在していない」存在であると。

『トワイライト』シリーズもまた、民族的な問題におけるヴァンピリズムの反動ぶりを例証している。一方でこれらの本や映画はアングロ・アメリカンの上流階級の理想化されたヴァージョンである、魔法のように美しい、洗練されたヴァンパイアを登場させる。他方、彼らはまたネイティヴ・アメリカンである人狼を出す。ジェイコブ・ブラックと彼の赤銅色の人狼たちの美徳を描くのに苦心が払われているが、この二つの種族の差異はこれ以上もなく明らかである。一例だけ挙げておくと、「ジェイコブ・ブラック」という名前は、他の二つの非WASP集団を意味している――ユダヤ人とアフリカン・アメリカンである。ごく普通の白人少女の代役であるベラは、心をヴァンパイアに捧げるが、下方婚は拒絶する。

歪められたアイデンティティ

ジェンダーとセクシュアリティの問題もまた満載されている。特に近年――『女吸血鬼カーミラ』と『ドラキュラ』は、一九世紀を舞台としているが――ヴァンパイアは「同性愛」のマイノリティの傾向を示している。就中、アン・ライスの不死なる耽美主義者は、ゲイ・カルチュアに属するとされる特徴を備えている。[*14] 中でもポピー・Z・ブライト（一九六七―）は多くの不死者をそのように設定している。これらのヴァンパイアはしばしば魅力的な光の下に現れるので、不死者を利用して寛容と多様性を促進しようとする動きがあるように見える。これは実際に起っているが――多型の存在を扱う際には期待されるように――それだけがことの顛末の全てではない。「逸脱した」行動を許容するように見えるヴァンパイア・フィクションは、しばしば最終的には規範を肯定して終る。『バフィー～恋する十字架～』と『トゥルーブラッド』は適切な事例である。またしても『トワイライト』は、想像しうる限り最も古臭い視点を強化するためにヴァンパイアを利用するという、いかがわしい特質を備えている。カレン一族の価値観は、ジョージ・W・ブッシュのホワイトハウスの価値観よりも右に位置している。

近年はまた、女性の女性による大量のヴァンパイア本の出現を見た。例えばカレン・チャンスの『カサンドラ・パーマー』シリーズ（二〇〇六―一一）、ローレル・K・ハミルトン（一九六三―）の『アニタ・ブレイク』ものなどである。これらの作品が提供する心地よい刺戟は、例えばスティーヴン・キング（一九四七―）の作品のそれとは異質である。キングの小説は遙かに血腥く、よりマッチョである。独立独歩で進取の気性に富んだ女の主役は、性役割に関する新たな見方の先触れであるように見える。それでもなお、スリルや恐怖は、怒りっぽい人物との関係を維持する危険に由来している。背景には――そしてテキストの織物に溶け出しているが――両性によって演じられる役割に関する、不死者自身よりも古い観念がある。これらの本は現実逃避の幻想である。なぜならそのヒロインの慣習からの逸脱は、読者の世界を支配している規則の一般的な妥当性を強調しているからだ。これらが提供するのは空想上の解放であり、現実のそれではない。

保守的な姿勢は、「ヴァンパイア・ロマンス」というジャンルを構成する大量の小説（ガブリエル・ビセット、クロエ・ハート、ジャクリーン・フランクなど）ではさらに顕著である。ヒロインはフィクションにおいては主張し、勝利するかもしれないが――そしてその著者は有名になり、経済的独立を果たすかもしれないが――これらの勝利は、その中核を成す「両性の闘い」が永遠であり、死ぬことがないがゆえに可能となるのである。基本的な様式にはヴァリエーションはあるが、女と男は類型に固着する。ヴァンパイア・ロマンスのヒロインは――同じ種類の、超自然的ではない作品のヒロインと同様――奇矯で愛らしく、安定的な関係を追い求めている。彼女らが運命のように惹かれる「不良」は、エミリー・ブロンテの『嵐が丘 Wuthering Heights』（一八四七）に登場するヒースクリフ――彼自身、ヴァンパイア一族の名誉会員である――とほぼ同じく御し難い。[*15]ヴァンパイアとの遭遇は、実際の男との関係とちょうど同じく、苛立たしい。ヴァンパイア・ロマンスは読者に、優しいかと思えば恐ろしい怪物たちと共に暮らす方法を教える。両性の美点、欠点は先祖代々のものである。ならば、唯一の解決策は、「良くも悪くも」ヴァンパイアを受け入れることである。もしも本当に彼らと関わることができるなら！

別れられない

現代世界においては、ヴァンパイアとの付き合いは避けられない。この怪物は、個人的な生活からも生じるし、それを形成した、より大きな歴史的状況からも生じる。もう一つの作品——それは痛ましい形でその作者の人生と繋がっているが——を採り上げよう。そうすれば、当面、本書に適切な結びを提供できるだろう。

シルヴィア・プラスの『ダディ Daddy』（一九六二）は、作者の人生を破壊した男たちを糾弾している。

もし私が一人の男を殺したんなら、二人殺したことになるわね——
あのヴァンパイアは、自分があんただと言ったんだから。[*16]

「ダディ」とは、プラスの父、および夫のテッド・ヒューズの両者である。[*17] この怪物と直面した詩人は、同時にまた自分自身の一部と、より正確に言えば自分の精神の中に寄宿するイメージと対面した——

ダディ、あんたは黒板に向かって立ってる。
私が持っている写真の中じゃね、
割れてるのは足先じゃなくて顎だけど、
だけどどのみち悪魔よね、そう、
あの黒服の男そのものよね、
私の可愛い心臓を、二つに嚙み裂いた、あの。

……

あんたみたいな男を見つけた。
黒い服を着て、『我が闘争』っぽい顔をした、
拷問と締具が好きな男。
私は言った、やるわ、やるわよと。

プラスは「ダディ」を「ヴァンパイア・ナチ」として描く（「黒い服を着て、『我が闘争』っぽい顔

をした」）。彼女の父は実際にファシストであったわけではない。彼はボストン大学で生物学を教える蜂の専門家であった。詩人が結婚した男は確かに模範的な夫ではなかったが、やはり決してヒトラーの崇拝者であったわけではない。プラスの幻想的なイメージは、心理的リアリティを伝えようとしたものであり、その唯一の正確さの基準は個人的なものである（「あんたみたいな男を見つけた」）。それは詩的な次元に属しているので、プラスの言うことの全ては真実であるか、もしくはそのようなものとして許容されなくてはならない。虚偽であると証明することはできないのだから。

同時に成人女性でもある子供の目から見れば、あらゆる歴史の恐怖は一つとなって、侘しい家族の風景の中に流れ込む。それは当初は父と娘の間で、次に夫と妻の間で繰り広げられる。プラスの詩では――そして多くのたの作家たちの作品でも――「ヴァンパイア」は治りきらぬ瘢痕組織に名を与える。それは生の感情、未解決の葛藤を覆い隠すことはない。もしも二〇世紀の――そして二一世紀のヴァンピリズムが宗教であったとしたら、その司祭長はフロイトであっただろう――ウラジーミル・ナボコフは無情にも彼を「ウィーンの呪術医」と呼んだ。[*18]

感情に反論はできない。たとえ間違っていたとしても。押し寄せる愛と怒りの血はそれ自体の力を持ち、静かな思考の沈黙の声を掻き消す。ヴァンパイアのように、それは欺き、圧倒する。精神の暗い領域には、語り得ぬものが潜んでいる。意義深いことに、「ダディ」は怒りの爆発でクライマックスに達する。詩人の魂の探求は、攻撃へと変容する。

あんたの肥え太った黒い心臓には杭
村人たちはあんたのことなんて大嫌い。
踊り回ってあんたを踏みつけてる。
みんな知ってた、あんたの正体。
ダディ、ダディ、この糞野郎、これで終りさ。

心理学の用語で言えば、「肥え太った黒い心臓」に「杭」の刺さったヴァンパイアを「村人たちは……踏みつけてる」という光景は、カタルシスを意味する。宗教の用語で言えば、悪魔祓いである。だが文学的に取れば――そしてここでは、詩的許容が効果的なアリバイを提供するために、ほとんどの読者は本当は何が起っているのか気づかないが――プラスの言葉は、彼女自身の血への渇きを満たしたいという欲望を表している。

ヴァンパイアの犠牲者は、その受難にもかかわらず、必ずしも怪物自身よりもお行儀が良いというわけではない。あるいはかつてはそうであったのかも知れぬが、不死者との出逢いがそれを変えた。ヴァンパイアは騙し、嘘をつく。そして他者にも騙させ、嘘をつかせる。プラスが苦しんだことは間違いない――実際、彼女は『ダディ』を書いたすぐ後に自裁する――だが彼女は何も追放されたり、強制収容所に入れられたりしたわけではない。さらに、彼女が耐えた虐待は、彼女の宗教や民族に起因するものでもない。プラスは自らの破壊衝動を他者に委ねたのである。

「村人たち」には名前がない。ゆえに、彼らは行使した暴力を糾弾されることはない。ヴァンピリズムに関して最も不吉なことは、それが元々何の罪も無かった者に道を踏み外させ、変質させてしまうことである。

プラスの怒りを抑える内省的・自供的な調子は、この数十年の間にかくも広まった感傷的なヴァンピリズムと無関係ではないが、詩人の言葉が提供しているのはロマンスなどではない。ここに、厳しい教訓を見出すことができる。ひとたび流されれば血はさらに多くの血を求めること、そして苦痛によって得られる悦びというものがあるということだ――自分の苦痛でも、他者の苦痛でも。大抵の場合、われわれは自らがヴァンパイアであり、プラスの先駆者であるシャルル・ボードレールが述べた「我と我が身を罰する者」である。知ってか知らずか、人は人間の心臓に縛り付けられた怪物を殺そうとする時、自分自身に致命的な一撃を与えているのだ。

謝辞

本書は人々の善意と支援がなければ書くことはできなかった。私の感謝は、まず第一に、私の以前の研究、*Metamorphoses of the Vampire: Cultural Transformations in Europe, 1732-1933* を好意的に受け入れて下さった全ての方々、および、手近な作品の執筆を許可して頂いたリアクション社のベン・ヘイズに献げられる。いつものようにキンバリー・ジャナローンは支援してくれ、草稿を読み、このプロジェクトを練っている間、素晴らしい友情を提供してくれた。彼女の機知、魅力、洞察力は、本書の内容を著しく向上させた。ボゼナ・ランパルスカも原稿を読んで貴重なフィードバックをくれた。私の姉妹は初期の段階でテキストの大部分を読み、母は全てを上手くやり遂げてくれた。彼女らのインプットが最高に助けとなった。父もまた、私の著述と研究活動に揺るぎない支援をくれた。

原註

序　ヴァンパイアの謎と神秘

＊1　この欲求に関する書物は夥しい。Arlene Russo, *Vampire Nation* (Woodbury, mn, 2008) はおそらく入門編に最適であろう。Michelle A. Belanger, *Vampires in Their Own Words: An Anthology of Vampire Voices* (Woodbury, mn, 2007) は自称ヴァンパイアに自らの物語を語らせる。同じ著者は、*The Psychic Vampire Codex: A Manual of Magick and Energy Work* (San Francisco, ca, 2004) において、この「霊的な径」に関心を抱く人々に実践的な指導を与えている。また、現代のヴァンパイア文化に関する多くの批判的評価ジャーナリスティックな「露出」がある。例えば Katherine Ramsland, *Piercing the Darkness: Undercover with Vampires in America Today* (New York, 1998).

＊2　Peter Mario Kreuter, 'The Name of the Vampire: Some Reflections on Current Linguistic Theories on the Etymology of the Word *Vampire*,' in *Vampires: Myths and Metaphors of Enduring Evil*, ed. Peter Day (Amsterdam, 2006), pp. 57-63.

＊3　Paul Barber, *Vampires, Burial and Death* (New Haven, ct, 1988)〔ポール・バーバー『ヴァンパイアと屍体――死と埋葬のフォークロア』野村美紀子訳、工作舎、一九九一〕, pp. 5-7. に引用。

＊4　例えば、Mark Collins Jenkins, *Vampire Forensics: Uncovering the Origins of an Enduring Legend* (Washington, dc, 2011).

＊5　Eric Hobsbawm, *Bandits* (New York, 1969)〔エリック・ホブズボーム『匪賊の社会史』船山榮一訳、ちくま学芸文庫、二〇一一〕, pp. 61-71.

＊6　故地におけるハイドゥクに関する大衆的・文学的伝統に関しては、Marcel Cornis-Pope and John Neubauer, *History of the Literary Cultures of East-Central Europe: Junctures and Disjunctures in the 19th and 20th Centuries, vol. IV:* Types and Stereotypes (Amsterdam, 2010), pp. 407-40. を参照。

＊7　Klaus Hamberger, Mortuus non mordet: *Kommentierte Dokumentation zum Vampirismus, 1689-1791* (Vienna, 1992), pp. 49-54. に転載。

＊8　Charlotte Brontë, *Jane Eyre*, in *The Brontes: Three Great Novels*〔シャーロット・ブロンテ『ジェーン・エア』大久保康雄、新潮文庫ほか〕(London, 1995), p. 222.

＊9　Augustin Calmet, *Dissertation sur les vampires* (Grenoble, 1998), p. 29.

＊10　Ibid., p. 30.

＊11　宗教権力が所謂妖術の事例をどのように見ていたかという議論については、Hugh Trevor-Roper, *The European Witch-Craze of the Sixteenth and Seventeenth Centuries and Other Essays* (New York, 1967), pp. 90-192, を参照。一世紀後、同じ軽信と不信がヴァンパイア・マニア

の中に起る。

＊12　Hamberger, *Mortuus non mordet*, p. 112.

＊13　E. J. Clery and Robert Miles, ed., *Gothic Documents: A Sourcebook, 1700-1820* (Manchester, 2000), pp. 24-5.

＊14　Milan V. Dimic, 'Vampiromania in the Eighteenth Century: The Other Side of Enlightenment', in *Man and Nature/L'Homme et la nature: Proceedings of the Canadian Society for Eighteenth-Century Studies*, III, ed. R. J. Merrett (Edmonton, 1984), p. 17.

＊15　Ibid.

＊16　John Polidori, *Polidori's Vampire*, ed. Darrel Schweitzer (Doylestown, pa, 2002), p. 15.〔ポリドリ「吸血鬼」、『書物の王国12　吸血鬼』所収、国書刊行会、一九九八〕

＊17　Ibid., pp. 15-16.

＊18　Ibid., p. 15.

＊19　Ibid., pp. 18-19.

＊20　Sheridan Le Fanu, *In A Glass Darkly*, ed. Robert Tracy (Oxford, 1993), p. 246.

＊21　Ibid., p. 259.

＊22　Ibid., p. 264.

＊23　Ibid., p. 255.

＊24　Ibid., pp. 315, 317 and 318. 物語の進展に連れ、読者はこのヴァンパイアがそれ以前に——「ミラーカ」として——復活し、もう一人の少女を手に掛けていたことを知る。

＊25　Ibid., p. 278.

＊26　Ibid., p. 266.

＊27　Bram Stoker, *Dracula*, ed. Glennis Byron (Ontario, ca, 1998)〔ブラム・ストーカー『ドラキュラ　完訳詳註版』新妻昭彦＋丹治愛訳・注釈、水声社、二〇〇〇ほか〕, p. 52.

＊28　Stephen D. Arata, 'The Occidental Tourist: *Dracula* and the Anxiety of Reverse Colonization', *Victorian Studies*, xxxiii/4 (1990), pp. 621-45.

＊29　Charles Dickens, *Oliver Twist*, ed. Philip Horne (New York, 2010)〔ディケンズ『オリバー・ツイスト』中村能三訳、新潮文庫、二〇〇五〕, p. 153.

＊30　Carol A. Senf, *The Vampire in Nineteenth Century English Literature* (Bowling Green, ky, 1988) はディケンズを論じている。

＊31　Derek Cohen and Deborah Heller, *Jewish Presences in English Literature* (Montreal, 1990). に収録されたエッセイを参照。

＊32　この二人の人物の間の無数の接点については、Nina Auerbach, *Woman and the Demon: The Life of a Victorian Myth* (Cambridge, ma,

1984), pp. 16-48. に論じられている。また、*Daniel Pick, Svengali's Web: The Alien Enchanter in Modern Culture* (New Haven, ct, 2000). も参照。

＊33 Joseph Valente, *Dracula's Crypt: Bram Stoker, irishness and the Question of Blood* (Urbana, il, 2001). を参照。

＊34 Barbara Belford, *Bram Stoker and the Man Who Was Dracula* (New York, 2002).

第1章 不死者の肖像画廊

＊1 これらの言葉は Caroline Lamb による。彼女は問題の人々と懇ろな関係を持っていた。(Fiona MacCarthy,*Byron: Life and Legend, New York*, 2004, p. 166).

＊2 両者の現実生活上での関係と、文学的力学の間の平行関係については、Nina Auerbach, *Our Vampires, Ourselves* (Chicago, il, 1995), pp. 13-21. を参照。

＊3 MacCarthy, *Byron*, pp. 525-74 は、著者の「カルト」を論じている。

＊4 David Lorne Macdonald, *Poor Polidori* (Toronto, 1991). を参照。

＊5 Daniel Sangsue, 'Nodier et le commerce des vampires', in *Nodier*, ed. Georges Zaragoza (Dijon, 1998), pp. 99-114.

＊6 Charles Nodier, *De quelques phénoménes du sommeil*, ed. Emmanuel Dazin (Paris, 1996), p. 89.

＊7 Ibid., pp. 87, 90.

＊8 Ibid., p. 90.

＊9 Montague Summers, The Vampire (London, 1995), 290ff.

＊10 Nodier, *De quelques phénoménes*, p. 89.

＊11 Charles-Marie Dorimont de Feletz et al., *Lettres champenoises*, vol.II (Paris, 1820), p. 188.

＊12 Richard Davenport-Hines, *Gothic: Four Hundred Years of Excess, Horror, Evil and Ruin* (New York, 1998), pp. 235-8.

＊13 この時代の概観と問題となっている出来事については、Eric Hobsbawm, *The Age of Revolution, 1789-1848*〔エリック・ホブズボーム『市民革命と産業革命——二重革命の時代』安川悦子＋水田洋訳、岩波書店、一九六八〕(New York, 1996), pp. 7-148. を参照。

＊14 Auerbach, *Our Vampires, Ourselves*, p. 23; Roxana Stuart, *Stage Blood: Vampires of the 19th-Century Stage* (Bowling Green, oh, 1994), pp. 78-9.

＊15 Hugh Trevor-Roper, 'The Invention of Tradition: The Highland Tradition of Scotland', in *The invention of Tradition*, ed. Eric Hobsbawm and Terence Ranger (Cambridge, 1992), pp. 15-42.

＊16 James Robinson Planché, *The Vampire; or, The Bride of the isles*, in John Polidori, *Polidori's Vampire* (Doylestown, pa, 2002), pp. 64-5.

＊17 Ibid., p. 65.

＊18 Hobsbawm, *The Age of Revolution*, pp. 149-181.

＊19　Planché, *The Vampire*, p. 112.

＊20　Quoted in Auerbach, *Our Vampires, Ourselves*, pp. 28-9; original in Devendra P. Varma, ed., *Varney the Vampire; or, The Feast of Blood* (North Stratford, nh, 1998), p. 148.

＊21　Varma, *Varney*, p. 391.

＊22　Auerbach, *Our Vampires, Ourselves*, p. 31.

＊23　Ibid.

＊24　Varma, *Varney*, p. 854.

＊25　Ibid., p. 855.

＊26　Ibid., p. 103.

＊27　Karl Marx, *Capital*, trans. Ben Fowkes〔カール・マルクス『資本論』向坂逸郎訳、岩波文庫、一九六九〜一九七〇ほか〕(New York, 1992), p. 342.

＊28　Heinrich Heine, *The Romantic School and Other Essays*, ed. Jost Hermand and Robert C. Holub (New York, 1985), p. 125.

＊29　Alexander Herzen, *Selected Philosophical Works* (Moscow, 1956), p. 376.

＊30　Ibid.

＊31　Radu R. Florescu and Raymond T. McNally, *Dracula: Prince of Many Faces*〔レイモンド・T・マクナリー、ラドゥ・フロレスク『ドラキュラ伝説——吸血鬼のふるさとをたずねて』矢野浩三郎訳、角川書店、一九七八〕(Boston, ma, 1989).

＊32　Bram Stoker, *Dracula*, ed. Glennis Byron (Ontario, 1998), p. 48.

＊33　*The island of Dr Moreau* appeared in 1896, a year before *Dracula*.

＊34　Daniel Pick, *Faces of Degeneration: A European Disorder, c. 1848-1918* (Cambridge, 1993), pp. 167-75; Kathleen Spencer, 'Purity and Danger: Dracula, the Urban Gothic and the Late Victorian Degeneracy Crisis', *ELH*, 59 (1992), pp. 197-225.

＊35　Stoker, *Dracula*, pp. 48-9.

＊36　Ibid., pp. 68-9.

＊37　Ibid., p. 80; これらの単語は、マクベスの魔女を参照している。ストーカーは『ドラキュラ』の第一部を通じてシェイクスピア的イメージを取り入れている。

＊38　Bram Dijkstra, *Idols of Perversity: Fantasies of Feminine Evil in Fin-de-Siecle Culture*〔ブラム・ダイクストラ『倒錯の偶像——世紀末幻想としての女性悪』富士川義之ほか訳、パピルス、一九九四〕(Oxford, 1988).

＊39　Stanislaw Przybyszewski, *Kritische und essayistische Schriften* (Paderborn, 1992), pp. 151-9.

＊40　Eve Golden, *Vamp: The Rise and Fall of Theda Bara* (New York, 1997).

＊41　適切な注釈は Rhona J. Berenstein, *Attack of the Leading Ladies: Gender, Sexuality and Spectatorship in Classic Horror Cinema* (New York, 1996). を参照。

＊42　David J. Skal, *Hollywood Gothic: The Tangled Web of Dracula from Novel to Stage to Screen*〔デイヴィッド・J・スカル『ハリウッド・ゴシック――ドラキュラの世紀』仁賀克雄訳、国書刊行会、一九九七〕(New York, 2004), pp. 77-102.

第2章　ジェネレーション V

＊1　Paul Barber, *Vampires, Burial and Death*〔ポール・バーバー『ヴァンパイアと屍体――死と埋葬のフォークロア』野村美紀子訳、工作舎、一九九一〕(New Haven, ct, 1988), p. 7.

＊2　ibid., p. 9. を参照。

＊3　Stefan Hock, *Die Vampyrsagen und ihre Verwertung in der deutschen Literatur* (Berlin, 1900), p. 65. に転載。

＊4　Johann Wolfgang von Goethe, *Selected Poems*, ed. Christopher Middleton (Boston, ma, 1983), pp. 142-3.

＊5　Charles Baudelaire, *Selected Poems*, trans. Geoffrey Wagner (New York, 1974), pp. 114-15.

＊6　Charles Baudelaire, *Collected Poems*, trans. Donald Justice (New York, 2006), p. 55,

＊7　カトリックの論客としてのこの詩人の作品論については、Daniel Volga, *Baudelaire et Joseph de Maistre* (Paris, 1957). を参照。

＊8　John Polidori, *Polidori's Vampire*, ed. Darrel Schweitzer (Doylestown, pa, 2002), p. 28.

＊9　Devendra P. Varma, ed., *Varney the Vampire; or, The Feast of Blood* (North Stratford, nh, 1998), p. 858.

＊10　Bram Stoker, *Dracula*, ed. Glennis Byron (Ontario, 1998), p. 70.

＊11　Ibid., p. 257.

＊12　Ibid., p. 91.

＊13　Ibid., p. 88.

＊14　Bram Dijkstra, *Idols of Perversity: Fantasies of Feminine Evil in Fin-de-Siecle Culture* (Oxford, 1988), pp. 144-9.

＊15　Stoker, *Dracula*, p. 214.

＊16　Ibid., p. 254.

＊17　F. G. Loring, 'The Tomb of Sarah', *Dracula's Guest: A Connoisseur's Collection of Victorian Vampire Stories, ed. Michael Sims* (New York, 2010), pp. 375, 364, 373.

＊18　Ibid., p. 371.

＊19　Ibid.
＊20　同社の歴史については、Marcus Hearn and Alan Barnes, *The Hammer Story* (London, 2007). を参照。
＊21　Sheridan Le Fanu, *In A Glass Darkly*, ed. Robert Tracy (Oxford, 1993), p. 243.
＊22　Nina Auerbach, *Our Vampires*, Ourselves (Chicago, il, 1995), p. 47.
＊23　Ibid., 56.
＊24　Anne Rice, *Interview With the Vampire* (New York, 1997), p. 3.
＊25　Anne Rice, *Blood and Gold: or, The Story of Marius* (New York, 2002), p. 375.
＊26　Ibid.
＊27　Ibid.
＊28　Auerbach, *Our Vampires*, p. 154.
＊29　Stephenie Meyer, *Twilight*〔ステファニー・メイヤー『トワイライト』小原亜美訳、ヴィレッジブックス〕(New York, 2005), pp. 32, 65, 347, 188, 330.
＊30　Ibid., p. 10.
＊31　Ibid., p. 91.
＊32　Ibid., pp. 216, 226, 267, 328, 329.
＊33　「三つのことは確かだわ。一つ、エドワードはヴァンパイア。二つ、彼の中には——どれくらい強いのか解らないけど——あたしの血を欲しがってる部分がある。三つ、あたしは無条件に、もう取り返しが付かないくらい、彼を愛してる」(Ibid., p. 195.)

第3章　純米国産ヴァンパイア（およびゾンビ）

＊1　この文学ジャンル、その先行者、遺産などに関する幅広い議論は、David L. Pike, *Metropolis on the Styx: The Underworlds of Modern Urban Culture, 1800-2001* (Ithaca, ny, 2007). を参照。
＊2　José B. Monleón, *A Specter is Haunting Europe: A Sociohistorical Approach to the Fantastic* (Princeton, nj, 1990), p. 63.
＊3　Paul Féval, *La Vampire* (Castelnau-le-Lez, 2004), p. 7.
＊4　Bram Stoker, *Dracula*, ed. Glennis Byron (Ontario, 1998), p. 51.
＊5　Ibid.
＊6　Ibid., p. 29.
＊7　Ibid., p. 148.

＊8　Ibid., pp. 147, 148, 200.
＊9　Ibid., p. 343.
＊10　Ibid., p. 90.
＊11　Franco Moretti, *Signs Taken for Wonders: Essays in the Sociology of Literary Forms*, trans. Susan Fischer, David Forgacs and David Miller〔フランコ・モレッティ『ドラキュラ・ホームズ・ジョイス——文学と社会』植松みどりほか訳、新評論、一九九二〕(London, 1983), pp. 83-108.
＊12　Stoker, *Dracula*, p. 188.
＊13　Ibid., p. 323.
＊14　Ibid., p. 416.
＊15　Ibid.
＊16　「未開の東洋」というヨーロッパの神話については、Vesna Goldsworthy, *Inventing Ruritania: The imperialism of the imagination* (New Haven, ct, 1998). を参照。
＊17　Auguste Villiers de l'Isle-Adam, *Tomorrow's Eve*, trans. Robert Martin Adams〔ヴィリエ・ド・リラダン『未来のイヴ』斎藤磯雄訳、東京創元社、一九九六〕(Champaign, il, 2000), p. 113.
＊18　David J. Skal, *The Monster Show: A Cultural History of Horror*〔デイヴィッド・J・スカル『モンスター・ショー——怪奇映画の文化史』栩木玲子訳、国書刊行会、一九九八〕(New York, 2001), pp. 253-4.
＊19　Stephenie Meyer, *Twilight* (New York, 2005), p. 340.
＊20　Fritz Leiber, 'The Girl with the Hungry Eyes', in *Blood Thirst: 100 Years of Vampire Fiction*, ed. Leonard Wolf〔フリッツ・ライバー「飢えた目の女」小梨直訳、エレン・ダトロウ編『血も心も——新吸血鬼物語』所収、新潮文庫、一九九三〕(Oxford, 1999), p. 91.
＊21　Ibid., pp. 94, 95.
＊22　「仕事のやり方、説明するわ」と彼女は写真家に言う、「名前も住所も電話番号も、教えるのはお断り。誰に対してもね」。(Ibid., p. 97.)
＊23　Ibid.
＊24　Ibid.
＊25　Ibid., pp. 98, 93, 91.
＊26　Ibid., p. 93.
＊27　Ibid., p. 98.

＊28　Ibid., p. 102.
＊29　Markman Ellis, *The History of Gothic Fiction* (Edinburgh, 2000), p. 220ff.
＊30　Michael H. Price and George E. Turner, 'The Black Art of *White Zombie*', *in The Cinema of Adventure, Romance and Terror*, ed. George E. Turner (Hollywood, ca, 1989), pp. 146-55.
＊31　このジャンルで傑出しているのは Tourneur's *I Walked with a Zombie* (1943), である。ここでは、「魔法の島」サン・セバスチャンで働くことになった若い女の物語が語られる。その陽光にも関わらず、そこには悲しみが満ち満ちている。看護婦は仮死状態のようになった女の看護をする。その夫は砂糖のプランテーションを持っているが、ほとんど人生を楽しんでいない。彼は妻の病状——それは彼が原因らしい——および「子供が生まれると人々は嘆き、墓地で結婚式をする」この島の惨状に取り憑かれている。
＊32　例えば、Ben Harvey, *Night of the Living Dead* (London, 2008). を参照。
＊33　Meyer, Twilight, p. 288.

第４章　吸血の音

＊1　Nina Auerbach, *Our Vampires, Ourselves* (Chicago, IL, 1995), pp. 113-15. を参照。
＊2　Gaston Leroux, *The Phantom of the Opera*, ed. David Stuart Davies (Ware, Hertfordshire, 1995), p. 36.
＊3　Ibid., p. 95.
＊4　Ibid., p. 93. ルイ・フィリップ、その治世、それに関係する様式を嘲る伝統——明らかにルルーはそれに属していなかった——については、Dolf Oehler, Pariser Bilder I, 1830-1848: *Äntibourgeoise Asthetik bei Baudelaire, Daumier und Heine* (Frankfurt, 1979), pp. 28-44. を参照。
＊5　Johann Wolfgang von Goethe, *Goethe's Faust*, trans. Walter Kaufmann〔ゲーテ『ファウスト』相良守峯訳、岩波文庫、一九五八〕(New York, 1990), p. 145, l. 1112.
＊6　James Robinson Planchó, *The Vampire, or The Bride of the isles*, in John Polidori, *Polidori's Vampire* (Doylestown, pa, 2002), pp. 59-60.
＊7　Ibid., p. 95.
＊8　Roxana Stuart, *Stage Blood: Vampires of the 19th-Century Stage* (Bowling Green, oh, 1994), pp. 111-27.
＊9　英語版の印刷物は入手困難であるが、Jutta Romero (1997) による翻訳が http://opera.stanford.edu. にある。ここでの引用はそれに従っている。
＊10　Ibid.
＊11　「さらば生きよ、地獄に堕つるまで／そは永遠に汝が住処／そこですら、邪悪なる者どもが／汝を恐れて避ける／汝に比すれば彼らは純粋／真の邪悪は汝ひとり！」

＊12　Stuart, *Stage Blood*, pp. 167-73.

＊13　W. S. Gilbert, *Ruddigore; or, The Witch's Curse* (London, 1912), p. 113.

＊14　Ibid., p. 152.

＊15　Ibid., p. 150.

＊16　Ibid.

＊17　アダムス一家の物語は――方向性や対象は異なるが――遙かに早く始まった。初出は〈ニューヨーカー〉誌の漫画である。Kevin Miserocchi, *The Addams Family: An Evilution* (Petaluma, ca, 2010). を参照。

＊18　David J. Skal, *The Monster Show: A Cultural History of Horror* (New York, 2001), pp. 267-8.

＊19　Ibid., p. 279.

＊20　シリーズのこの時点で、バフィーは実際には死んで、甦っている。彼女の精神的・肉体的状態がどうなっているのかははっきりしない。

＊21　Bram Stoker, *Dracula*, ed. Glennis Byron (Ontario, 1998), p. 49.

＊22　Charles Baudelaire, *Selected Poems*, trans. Carol Clark (New York, 1996), p. 82.

＊23　残酷さに対するイギリス人の嗜好、特にアルジャーノン・チャールズ・スウィンバーンの詩に見られるものについては、Mario Praz, *The Romantic Agony*, trans. Angus Davidson〔マリオ・プラーツ『肉体と死と悪魔――ロマンティック・アゴニー　新装版』倉智恒夫ほか訳、国書刊行会、二〇〇〇〕(Oxford, 1970), pp. 437-57. を参照。

＊24　Stoker, *Dracula*, p. 49.

＊25　Sarah Artt, '*The Rocky Horror Picture Show and the Classic Hollywood Musical*', in *Jeffrey Andrew Weinstock, Reading Rocky Horror: The Rocky Horror Picture Show and Popular Culture* (New York, 2008), p. 62.

＊26　Weinstock が編集した書物の最後の四つのエッセイ、特に Zachary Lamm, 'The Queer Pedagogy of Dr Frank-N-Furter', pp. 193-206. を参照。

＊27　ギタリストであるTony Iommi の自伝 *Iron Man: My Journal through Heaven and Hell with Black Sabbath*〔トミー・アイオミ『アイアン・マン――トミー・アイオミ』前むつみ訳、ヤマハミュージックメディア、二〇一二〕(New York, 2011). を参照。

＊28　Mario Bava による『ブラック・サバス 恐怖！三つの顔　I tre volti della paura』(一九六四) を参照。この映画化は三部に分かれ、そのひとつはボリス・カーロフを起用して、ヴァンパイアを描いている。

＊29　Richard Davenport-Hines, *Gothic: Four Hundred Years of Excess, Horror, Evil and Ruin* (New York, 1998), p. 10.

＊30　Ibid.

＊31　Lauren M. E. Goodlad and Michael Bibby, eds., *Goth: Undead Subculture* (Durham, nc, 2007). を参照。
＊32　Davenport-Hines, *Gothic*, p. 10.
＊33　The Cure, 'Killing an Arab' (Small Wonder, 1978), シングル盤。
＊34　Davenport-Hines はスミスの公的人格について *Gothic*, pp. 366-9. で論じている。
＊35　Davenport-Hines, *Gothic*, p. 11.
＊36　Davenport-Hines によれば、「ガラクタには常にゴシックの部分が含まれている」(p. 5)。かれはその特徴を、一八世紀の Horace Walpole の常軌を逸した小説 *Castle of Otranto* にまで遡らせている。

第5章　不死への鍵

＊1　Bruce A. McClelland, *Slayers and Their Vampires: A Cultural History of Killing the Dead* (Ann Arbor, mi, 2009), pp. 74-5.
＊2　Byron, *Poetical Works*, ed. Frederick Page (Oxford, 1970), p. 259, ll. 755-8.
＊3　メリメの策略については、Jean-François Jeandillou, *Supercheries littéraires: La Vie et l'oeuvre des auteurs supposes* (Geneva, 2001), pp. 157-82. を参照。
＊4　Prosper Mérimée, *La Guzla; ou, Choix de poésies illyriques* (Paris, 1994), pp. 21-2.
＊5　Ibid., 21.
＊6　Ibid., 19.
＊7　Ibid., 21.
＊8　Ibid., 19.
＊9　興味深いことに、メリメが語学の才能に恵まれ、芸術と歴史に熟達していたがゆえに、彼は一八三四年、歴史遺物監察官という管理職に就くことになる。すなわち、捏造をやらかした者がフランスの建築と文化の真正性を保護する責任を持つ監督官となったのである。もう一つの興味深い出世ぶりは、一八四四年のシャルル・ノディエの死によって空席となったアカデミ・フランセーズのポストに就いたことである。この独創的な作家の生涯と時代に関しては、Pierre Pellissier, *Prosper Mérimée* (Paris, 2009) を参照。
＊10　Alexandre Dumas, *One Thousand and One Ghosts*, trans. Andrew Brown (London, 2005), p. 121.
＊11　Sheridan Le Fanu, *In A Glass Darkly*, ed. Robert Tracy〔レ・ファニュ「緑茶」、『怪異小説傑作集1』所収、創元社推理文庫、二〇〇六〕(Oxford, 1993), p. 5.
＊12　Ibid.
＊13　Ibid.

＊14 Ibid., p. 6.

＊15 例えば、以下のような言葉がある。「人の心眼開く時、幽界のことども目の当たりに現るるなり。こは肉眼のとうてい見ること能わざるものなり。おのれ心眼を開きたれば、幽界のことども顕明世に見る如く鮮やかに見ることを得るなり。これを思えば、世のさまはみな己が心霊よりおこることぞかし」。「自分は夥しい事例を挙げて、脳組織の働きに、神経を通じて、静・動脈の血液の循環作用が大きく働いていることを証明したはずである。脳組織というものを、ああいうふうに考えると、脳は一種の心臓の如きものであって、一つの神経器官を通じて伝播された流動体は、変った状態になって、今度は別の神経器官を通じて逆に戻る。この流動体の性質は、前にも述べたように、光や電気のような非物質的なものではないにしても、とにかく、霊的なものである」。このような言葉はスウェーデンの科学者で神学者のエマヌエル・スヴェーデンボリ（一六八八—一七七二）に依拠している。この人物の生涯と著作に関しては、Ernst Benz, *Emanuel Swedenborg: Visionary Savant in the Age of Reason*, trans. Nicholas Goodrick-Clarke (West Chester, pa, 2011). を参照。

＊16 Maurice Blanchot, The Space of Literature, trans. Ann Smock〔モーリス・ブランショ『文学空間』粟津則雄ほか訳、現代思潮新社、一九六二〕(Lincoln, ne, 1989).

＊17 Le Fanu, *In A Glass Darkly*, p. 244.

＊18 Ibid., p. 245.

＊19 Ibid.

＊20 Ibid., p. 265.

＊21 Ibid., pp. 265-6.

＊22 Ibid., p. 319.

＊23 Ibid., p. 243.

＊24 Friedrich Kittler, 'Dracula's Legacy', *Stanford Humanities Review, I* (1989), pp. 143-73.

＊25 Bram Stoker, *Dracula*, ed. Glennis Byron (Ontario, 1998), p. 50.

＊26 Ibid., pp. 51, 50.

＊27 Ibid., pp. 68, 61.

＊28 Ibid., p. 67.

＊29 Ibid.

＊30 Ibid., p. 73.

＊31 Ibid.

＊32 Ibid., p. 191.

＊33　Ibid., p. 63.
＊34　Ibid., pp. 86, 216.
＊35　Ibid., pp. 123, 86.
＊36　Ibid., pp. 361, 353.
＊37　Ibid., p. 419.
＊38　「ノックという名の不動産仲介人がいた。彼については、ありとあらゆる噂が流布していた。ただ一つ確かなことは、カネ払いが良かったということである」。Intertitles from *Nosferatu* (1922).
＊39　省略ママ。
＊40　Thomas Elsaesser, *Weimar Cinema and After: Germany's Historical imaginary* (New York, 2000), p. 239.
＊41　ブルワーはまた最後のシーンで、ノスフェラトゥが妻に接近することを許したフッターが駆け寄る人々の中にいる。
＊42　適切な注釈とショット毎の分析は、David Rudkin, *Vampyr* (London, 2005). を参照。
＊43　グレイが受け取った本にはこう書かれている。「ちょうど二五年前、謎の疫病が村の一一人の命を奪った……医師たちはその疫病に医学的な病名を与えたが、人々の間ではその災いの原因はヴァンパイアであるという噂が根強く囁かれた。多くの者は、そのヴァンパイアとは誰あろう、村の墓地に眠るマルガリット・ショパンであると固く信じていた。生前、マルガリット・ショパンは人間の姿をした怪物であった。彼女は悔い改めぬままに死んだ」。重要なことに、これを読むのはグレイではなく、本を覗き込んだ召使いである。つまりグレイは、必ずしも全てを知っていたわけではない（いずれにせよ噂であるから、確実とは言いがたいが）。

結語――ヴァンパイア、その表と裏

＊1　例えば、アニメ映画『吸血鬼ハンターD』（一九八五）、朴贊郁監督の『渇き』（二〇〇九）、Peter Tosh の 'Vampire'（on *No Nuclear War*, 1987）、Lucky Dube の 'Dracula'（*Prisoner*, 1991）.
＊2　John Polidori, *Polidori's Vampire*, ed. Darrel Schweitzer (Doylestown, pa, 2002), pp. 16-17.
＊3　Ibid., p. 39.
＊4　Bram Stoker, *Dracula*, ed. Glennis Byron (Ontario, 1998), p. 46.
＊5　さまざまな文脈における広範囲な（そして定義の曖昧な）概念に関しては、Sander L. Gilman, Helen King, Roy Porter, G. S. Rousseau and Elaine Showalter, *Hysteria Beyond Freud* (Berkeley, ca, 1993). を参照。
＊6　Juliet Mitchell, *Mad Men and Medusas: Reclaiming Hysteria* (New York, 2001).
＊7　Stephenie Meyer, *Twilight* (New York, 2005).

＊8　この主題に関するフロイトの古典的な著作は、『日常の精神病理学 Zur Psychopathologie des Alltagslebens』（一九〇一）。

＊9　Richard Matheson, *I Am Legend* (New York, 1995), p. 2.

＊10　Ibid., pp. 20-21.

＊11　Ibid., p. 21.

＊12　Stoker, *Dracula*, p. 59.

＊13　Michel Bouvier and Jean-Louis Leutrat, *Nosferatu* (Paris, 1981), p. 26, を参照。彼らはノスフェラトゥを「カルパティアのシャイロック」と呼んでいる。

＊14　George E. Haggerty, *Queer Gothic* (Champaign, il, 2006), pp. 185-200; James R. Keller, *Anne Rice and Sexual Politics: The Early Novels* (Jefferson, nc, 2000).

＊15　James B. Twitchell, *The Living Dead: A Study of the Vampire in Romantic Literature* (Durham, nc, 1981), pp. 72-3.

＊16　Sylvia Plath, *Ariel* (New York, 1965), p. 51; the poem is printed on pp. 49-51.

＊17　Diane Middlebrook, *Her Husband: Ted Hughes and Sylvia Plath— A Marriage* (New York, 2004).

＊18　Max Saunders, *Self impression: Life-Writing, Autobiografiction and the Forms of Modern Literature* (Oxford, 2010), p. 492. に引用。

訳者あとがき

本書はエリック・バトラー著『よみがえるヴァンパイア』(Erik Butler, The Rise of The Vampire, Reaktion Books, London, 2013) の全訳である。著者バトラーはヨーロッパ文化と映画史を専門とする著述家で、本書以前には『文学と映画におけるヴァンパイアの変身——ヨーロッパにおける文化的変容 Metamorphoses of the Vampire in Literature and Film: Cultural Transformations in Europe』、そして本書以後には『文法戦争とヨーロッパ文化の擡頭 The Bellum Grammaticale and the Rise of European Literature』と題する著書を上梓している(いずれも現時点においては未邦訳)。現在では米国ジョージア州アトランタにあるエモリー大学の准教授として、ドイツ研究および比較文化論、映画学を講じている。また翻訳家としても活躍しており、ソヴィエトのユダヤ人象徴主義者デア・ニスターや、瀆神のカトリック神秘主義者レオン・ブロイなど、主として英語圏ではあまり知られていない著述家の作品を多数英訳紹介している。翻訳書を除けば今のところ、著書は三点だが、その内の二つまでもがヴァンパイアをテーマとするものであることからも、著者のヴァンパイア偏愛の程が窺えよう。

日本では「吸血鬼」と訳されることも多いヴァンパイアであるが、これに類似する怪物の伝承は、ギリシア神話におけるラミアやエンプーサを初めとして、テッサリアの巫女、アラビアのグール、日本の荼吉尼天や鬼子母神など、古くからさまざまな地域に文字通り枚挙に暇が無いほど存在している。だがvampireという言葉自体は意外に新しく、著者はその初出を一七二五年としている。かのヴォルテールが「ヴァンパイアの流行は——アレクサンドロス大王、アリストテレス、プラトン、エピクロス、デモステネスのギリシアからやって来たのではなくて、不幸にも変節してキリスト教化したギリシアから来たものだ」と喝破しているごとく、今日われわれのイメージするヴァンパイア像は主として一八世紀以降、キリスト教に固有の倒錯として創り上げられてきたものであるらしい。そして一九世紀末ともなれば、現代におけるヴァンパイア像の元型とも言うべき二大ヴァンパイア、ドラキュラとカーミラが登場する。

この二者を両親として、以後、ヴァンパイアは大衆の想像力の中に爆発的にその眷族を増殖させていくことになる。恐怖の根源でありながらどこか哀愁を帯び、野蛮にして獰猛でありながら孤高にして気高く、蠱惑的にして耽美的でありながら、性そのものを超越している。そんな多様で掴み所の無いヴァンパイアのイメージは、今や全く普遍的なまでに全世界的に普及しつつ、実はその正確な定義すら存在せぬがゆえに、彼らは登場する作品、作者、状況ごとに全く別物のようにその属性を変える。

本書にも俎上に載せられて分析されるテオフィル・ゴーティエの『死霊の恋』が、早くも明治期にかの芥川龍之介によって邦訳紹介されているように、日本でも古くからヴァンパイアは受容され、現在では専ら漫画本や漫画映画などを通じてもはや陳腐とさえ言えるほどに普及している。だがやはり何と言っても今日における世界最大のヴァンパイア消費地は英米を中心とする英語圏であろう。アン・ライスの〈ヴァンパイア・クロニクルズ〉シリーズは映画化もされて大ヒットとなり、結果として翻訳権料が跳ね上がったため、日本ではシリーズ全巻の翻訳出版も儘ならぬというまことしやかな話も耳にする。『バフィー～恋する十字架～』のシリーズは、元来は単発の映画作品として世に出たが、あまりの人気ぶりにTVドラマ化され、第七シーズンまで制作される長寿番組となった。また、ステファニー・メイヤーの〈トワイライト〉シリーズはかの〈ハリー・ポッター〉シリーズに次ぐ人気作となり、シリーズ総計で五〇〇〇万部以上を売り上げているという。これらはいずれもいかにヴァンパイアというものが英語圏の人口に膾炙しているかを示すエピソード、数字であり、そのような土壌の存在ゆえに、本書のようなヴァンパイア研究本も、我が国で想像し得る以上の幅広い需要を持つのであろう。

本書において著者バトラーは、東欧の「卑しい出自」に由来するこの怪物が、いかにしてこれほどの人気者にまで登り詰めたのかを丁寧に考察する。神話、文学、映画、報道、政治風刺画、音楽、ＴＶドラマなど、その資料渉猟の範囲は多岐にわたる。そして今や人間の「暗い側面」、社会の「不確実性」の象徴となったヴァンパイア現象における、グローバル市場やデジタル・テクノロジーが果たした役割までをも読み解いていく。バトラーは言う、もしも児童向けのベストセラーである〈トワイライト〉シリーズの根源にある闇が正しく理解されていれば、それは学校の図書館からも家庭からも直ぐさま放逐されていたであろう、と。バトラーの真意についてはは本書をお読み頂くとして、ことほどさようにヴァンパイアは、広汎な人間の精神の奥深くにまでその住処を広げながらも、依然として人間に対する狂暴な牙を失ってはいない。

英国の〈タイムズ〉誌の書評によれば、「この新たな研究（本書）を読めば、興味深いのはヴァンパイアそれ自体のみならず、そもそもなぜ彼らが出現したのかということにある、ということが解る。バトラーはヴァンピリズムを、物心両方の側面から詳細に解き明かした」。もしもここに何かを付け加えるとすれば、本書はその素材として取り上げた資料の広汎さゆえに、現時点におけるヴァンパイア研究の基礎資料となると共に、またヴァンパイア作品の好個のカタログ、案内書としても活用できるものであるということだろうか。本書を一瞥し、そこに何らかの気になる作品や評論を見出されたならば、是非その原典に当たって見ていただきたい。本書が、広大にして豊潤なヴァンパイアの世界へ、ひいては人間精神の神秘玄妙なる深淵へと読者が旅立たれる端緒となるならば、翻訳者としてこれに勝る喜びはない。

二〇一六年春

翻訳者識

ラ行

人名索引

よみがえるヴァンパイア
人はなぜ吸血鬼に惹かれつづけるのか

2016年5月30日　第1刷印刷
2016年6月10日　第1刷発行

著者――エリック・バトラー
訳者――松田和也

発行人――清水一人
発行所――青土社
〒101-0051　東京都千代田区神田神保町1-29　市瀬ビル
［電話］03-3291-9831（編集）　03-3294-7829（営業）
［振替］00190-7-192955

印刷所――双文社印刷（本文）
方英社（カバー・扉・表紙）
製本所――小泉製本

装幀――岡孝治

写真――Refat/Shutterstoc

Printed in Japan
ISBN 978-4-7917-6930-8 C0090